collec

Folie, aller simple

Journée ordinaire d'une infirmière

Du même auteur

Romans et Récits

La Grande Drive des esprits, Le Serpent à plumes, 1993
L'Espérance-Macadam, Stock, 1995 ; HC Éditions, 2006
L'Exil selon Julia, Stock, 1996 ; HC Éditions, 2006
L'Âme prêtée aux oiseaux, Stock, 1998
Chair piment, Mercure de France, 2002
Fleur de barbarie, Mercure de France, 2005
Mes quatre femmes, Philippe Rey, 2007
Morne Câpresse, Mercure de France, 2008
Cent vies et des poussières, Mercure de France, 2012

Romans pour la jeunesse

Un papillon dans la cité, Sepia, 1992
Le Cyclone Marilyn, L'Élan vert, 1998
Caraïbes sur Seine, Dapper, 1999
C'est la règle, Thierry Magnier, 2002, 2006
Case mensonge, Bayard Jeunesse, 2004
Les Colères du Volcan, Dapper, 2004
L'Odyssée d'Alizée, Thierry Magnier, 2010

Ouvrages de référence et Beaux-Livres

Guadeloupe, découverte, Fabre Doumergue, 1997
Femmes des Antilles, avec Marie Abraham, Stock, 1998
Guadeloupe d'antan : la Guadeloupe au début du siècle, HC Éditions, 2004
Guadeloupe d'antan : la Guadeloupe à travers la carte postale ancienne, HC Éditions, 2007

Gisèle Pineau

Folie, aller simple

Journée ordinaire d'une infirmière

récit

Philippe Rey

7, rue Rougemont - 75009 Paris

www.philippe-rey.fr

« Sans la reconnaissance de la valeur humaine de la folie, c'est l'homme même qui disparaît… »

François Tosquelles
L'Enseignement de la folie

« Tu ne le sais pas. Tu viens de découvrir en toi une chose éblouissante, secrète, qui ne s'apprendra ni dans les écoles, ni dans les universités, qui a été et sera bâillonnée longtemps, qui va bouleverser ta vie et celle de tant d'autres : tu aurais pu être pareil à ces fous. Ils auraient pu être pareils à toi. »

Marie Didier
Dans la nuit de Bicêtre

Tels des coquillages

J'imagine immédiatement le corps de Sophie sur les rails du métro.

Démembrée, sanguinolente, méconnaissable.

Réduite à un tas d'os et de chair en miettes et charpie.

Quinze ans qu'elle est là. Hospitalisée pour la première fois à l'âge de vingt-sept ans, elle en a quarante-deux aujourd'hui. La police vient de retrouver son sac, ses papiers d'identité, l'adresse de l'hôpital, le numéro de téléphone du service…

Je réponds : « Oui, je suis infirmière. Je connais Mademoiselle Sophie R. Oui, actuellement, elle est hospitalisée… Tout à fait, dans une unité de soins psychiatriques… Qu'est-ce qui se passe ? Que lui est-il arrivé ? »

Je pose ces questions mais je connais déjà les réponses. Je sais déjà que Sophie s'est suicidée.

Le silence au bout du fil.

Noémie, ma collègue, m'interroge du regard.

Je me mords les lèvres et puis je répète : « Je suis infirmière. Dites-moi s'il est arrivé quelque chose… Je dois savoir, faire mes transmissions, prévenir le cadre de santé et… »

L'agent me coupe la parole : « Mademoiselle Sophie R. s'est jetée sous le métro. On arrive… »

Je demeure plantée au milieu du couloir, les bras ballants. Le policier va venir poser des questions sur Sophie, et moi je me demande ce que je fais là, dans cet hôpital psychiatrique, à encaisser tout ce malheur, à supporter la misère de tous ces gens que je vois défiler, tous ces grands fous, illuminés, hallucinés, désespérés…

Au mitan du couloir, dans ma blouse blanche, serrant dans mon poing mon trousseau de clés…

À cet instant, il est quinze heures dix.

« Qu'est-ce que tu fais depuis tout ce temps dans un hôpital psychiatrique ? »

La question emplit mon esprit. Je m'interroge longuement… Et j'attends que viennent les réponses.

Voilà déjà trente ans que je suis là. Ça fait du temps.

Souvent, les vieux infirmiers disent qu'on n'y arrive pas par hasard, à l'hôpital psychiatrique…

Ce sont des mots jetés au détour d'une conversation ordinaire. Tandis que le silence s'incruste, ils s'attardent un moment dans les esprits. Chaque fois que j'entends cette tirade, je pense aux coquillages malmenés par le courant, ramenés par les vagues, déposés sur le sable. Je viens d'une île, la Guadeloupe. Autrefois, enfant, je ramassais des coquillages sur la plage pour en faire des tableaux. Il fallait bien les choisir, les trier avec soin. La plupart étaient émoussés, ébréchés, brisés. En fait, je n'en ai jamais trouvé un parfaitement intact, neuf, comme sorti d'une usine. Déjà, à l'époque, j'imaginais qu'ils avaient tous souffert de quelque chose, d'une mauvaise rencontre au fond des mers, d'une existence miséreuse. Il y a longtemps, ils avaient abrité la vie. Je leur inventais une histoire. Je leur prêtais des aventures extraordinaires. Un jour, leurs locataires étaient morts ou s'en étaient allés...

Abandonnées, les coquilles vides avaient été ballottées par les flots pendant des temps et des temps avant d'arriver au terme de leur voyage et d'échouer sur cette plage de Guadeloupe. Elles s'étaient accrochées aux branches de gorgones monstrueuses, avaient hanté les frontières de pays sous les eaux. Elles avaient assisté au calvaire de quelques naufragés. C'est sûr, elles en avaient vu défiler des poissons, de toutes tailles et couleurs. Sans doute avaient-elles croisé quelques sirènes aux écailles d'argent et aussi de grands requins blancs.

On n'arrive jamais à l'hôpital psychiatrique par hasard...

Ces mots s'enfilent les uns après les autres, comme les pièces d'un collier. Et la phrase qu'ils composent dit quelque chose d'impalpable, d'inquiétant, d'implacable assurément. Quelque chose d'irrémédiable, d'irréversible, apparenté à la fatalité, à la prédestination, peut-être à l'hérédité.

À vrai dire, ce propos ne repose sur rien de bien concret ou plutôt il s'amarre à un faisceau de signes, de conjectures, d'observations, de recoupements. Ceux qui prononcent ces paroles d'Évangile prennent souvent des airs mystérieux, mi-sages, mi-sorciers, un brin médiums. Généralement, ce sont les vieux de la vieille qui en ont vu passer des eaux sous les ponts et défiler des fous de tout acabit, et qui tiennent enfermées dans leur besace des anecdotes psychiatriques pour quatre siècles. Ce sont les vieux infirmiers, les vieilles infirmières, la garde des anciens qui savent ce que vous mettrez trois ou quatre décennies à entrevoir. Oracles ou grands mages, maîtres des clés, ils semblent détenteurs d'une connaissance supérieure. Ils assènent leur Vérité en vous fixant avec une soudaine et sombre intensité ; ce qui donne à penser qu'ils ont le pouvoir de lire en vous des choses que vous êtes encore incapable de percevoir. Personne ne s'aventure à les contrarier ou à leur demander des explications supplémentaires.

On n'arrive jamais à l'hôpital psychiatrique par hasard…

Il va de soi que les mots sont pesés et qu'ils ont été cent fois estimés. Et le novice aura beau s'échiner à démembrer la phrase, à mêler et démêler les mots, il finira toujours par la remodeler de cette manière, par la recomposer dans cet ordre-là, avec ces mêmes mots-là.

On… *On* désigne une personne ou un groupe de personnes indéterminées, quelqu'un, des gens… Tout le monde peut devenir cet *on,* sans discrimination, sans exclusion. *On* peut être clochard ou rentier, jeune ou vieux, noir ou blanc, de nationalité française ou sans-papiers. *On* peut être diplômé des grandes écoles, juge, avocat, plombier, secrétaire, femme de ménage, professeur à l'université, facteur ou conducteur de bus… Entité aux contours flous, ectoplasme insaisissable, *on* peut s'incarner en toi, ton père ou ta mère, ton enfant, ton amant, ta voisine, ta grand-mère chérie, ton mari, ton épouse, ton patron… *On* peut être celui qui soigne et celui qui est soigné… Le malade aussi bien que le soignant. Nul ne sait qui sera le prochain *on*…

On n'arrive jamais par hasard… Cette assertion au présent de l'indicatif vaut pour maintenant et pour tous les temps, pour l'éternité, telle une parole divine. Ici, la négation appelle clairement une affirmation, laissant planer au-dessus de vos têtes le mystère et l'angoisse, dès lors qu'est lancé ce *jamais* qui ne fait pas d'exception. *Jamais*… Comprenez bien : si l'on n'arrive *jamais* par hasard, cela sous-entend qu'on arrive toujours pour une bonne raison. On arrive donc en ces lieux, poussé par quelque chose de puissant, d'obscur, voire de quasi surnaturel. Arriver, c'est parvenir à destination, au terme de sa route. Arriver signe la fin du voyage. Voilà, c'est fini, on est rendu sur la rive. On a fini par accoster. Oui, on a fait la traversée pour débarquer là, exactement là. Pas de place pour le hasard. C'est irrévocable. Pas d'alternative.

Quant à la destination finale : l'*hôpital psychiatrique*…, elle plonge aussitôt dans la terreur, la douleur, la folie et tous ses grands spectres.

Tels les coquillages jonchant les plages de la Guadeloupe, les personnes qui se trouvent à l'hôpital psychiatrique arrivent d'un long voyage. Ce sont bien sûr les malades. Les grands fous atteints de grands maux. Ils sont tous ébréchés d'une manière ou d'une autre. Cassés sans fracture apparente. Brisés de l'intérieur. Morcelés. Dépecés. Éreintés. Amochés. Broyés. Esquintés. Écrasés. Abîmés. Dépenaillés… La plupart de ces blessés n'ont pourtant pas de plaies visibles à l'œil nu. Ça ne suppure pas. Ça ne suinte pas. Ça n'empeste pas la mort des chairs comme dans les services de grands brûlés. Certes, parfois ça pue l'urine et les excréments, la crasse ancienne et la sueur âcre de l'incurie. D'autres fois, ça embaume le parfum, à en vomir. Les blessures sont tapies à l'intérieur. Il y a des déchirures, des nécroses, des entailles si profondes qu'on pourrait croire des canyons. Il y a des fractures irréductibles, des lésions sans nom qui ulcèrent et démangent… Il y a des douleurs insondables que rien ne peut contraindre au silence et qui se réveillent à toute heure.

« Qu'est-ce que tu fais là, à l'hôpital psychiatrique ? »
Il faut remonter le temps.
Revenir trente ans plus tôt.
J'ai vingt ans.
Nous sommes en 1977.

Le plus troublant, c'est de comprendre soudain qu'on n'est soi-même pas à l'abri de la folie. Du jour au lendemain, on arrive à l'hôpital psychiatrique, sans grande vocation ni connaissance spécifique du milieu. Poussé là par on ne sait quelle puissance. Innocent, naïf, plutôt appâté par l'idée d'un diplôme, d'un emploi stable dans la fonction publique, d'un salaire immédiat.

Non, personne n'est à l'abri de la folie, c'est ce que laissent entendre les vieux de la vieille qui marmonnent leur petite rengaine aux jeunes élèves infirmiers frais recrutés. Ils savent de quoi ils causent, les vieux. Ils ont connu le temps reculé où l'hôpital psychiatrique s'appelait l'hospice ou l'asile d'aliénés. Leur couenne est dure. Ils ont les traits tannés par l'expérience. Ça fait des lustres qu'ils se frottent jusqu'à l'usure à la folie. D'un coup, je prends conscience de ma situation. Je me réveille d'un beau rêve et je ne suis pas la seule. Plusieurs élèves infirmiers de ma promotion ont déjà fui sans se retourner, craignant d'être contaminés par le virus de la folie. Hagards, titubant, certains se demandent si, alléchés par quelque mirage, monts et merveilles, attirés par trois piécettes, ils ne se sont pas jetés, bille en tête, dans la gueule du loup-garou. Avec l'air d'incurables fatalistes, d'autres constatent qu'ils sont bien entrés dans la tanière de l'Ogre, dans la grotte du Cyclope, dans la cour des miracles. Mais c'est trop tard, ils n'ont plus les moyens de faire machine arrière. Ils ont signé un bail, contracté un crédit, promis à leur vieille mère d'envoyer un bon mandat chaque mois.

Certes, au commencement, on est aveuglé. On a vingt ans et des poussières. On se considère un peu comme des élus. On n'en revient pas de porter une blouse blanche immaculée. On tient serré dans le poing, au fond de sa poche, un trousseau de clés remis avec cérémonie par la surveillante en chef. Faut surtout pas perdre ou laisser traîner ses clés. Alors on les tâte à tout moment. On les caresse. On les étreint. C'est bon de sentir le métal froid dans la paume de sa main. Ça tranquillise comme un objet fétiche, un talisman. On se prend pour quelqu'un d'autre, une autorité, un apprenti geôlier. En vérité, on n'est pas rassuré, entouré de tous ces fous un peu belliqueux, terrifiants, baveux, larmoyants, hystériques, impotents, grabataires…

Non, on n'est pas à l'abri de la folie. Peut-être même qu'on aurait besoin de soins, d'une thérapie musclée, d'une bonne poignée de médicaments sédatifs. Peut-être qu'on est un peu dérangé, névrosé, qu'on refoule des choses inavouables au fond de soi, une colère teigneuse, des chagrins aussi qui se cognent les uns aux autres… Mais, *pas vrai ?*, pour le moment, on est du côté des soignants, des porteurs de clés, de ceux qui entrent et sortent de l'hôpital en toute liberté. On est du bon côté de la rive. Celui des sains d'esprit. On fait partie des gens dits « normaux », équilibrés, insérés socialement, ne présentant aucun trouble apparent. S'il y a des fêlures ou même des failles, non, il n'y paraît pas. On se doit de faire bonne figure. Advienne que pourra.

On n'arrive jamais à l'hôpital psychiatrique par hasard…

La première fois qu'on entend cette phrase sombre et clinquante à la fois, on peut se mettre à rire. Ce que j'ai fait dans l'ignorance de ma jeunesse. Sans doute cela remuait-il en moi des choses qui dormaient dans des eaux trop profondes recouvertes de limons et de vieilles caillasses.

« Ah, oui, vous insinuez que je serais une malade mentale moi aussi ou que j'aurais besoin de soins psychiatriques ! » Mon rire était nerveux, ponctué de hoquets. Trente ans plus tard, je l'entends encore résonner, comme une crécelle de lépreuse.

Oui, cette phrase immuable, tant de fois énoncée…

Lancée aux uns et aux autres de manière impromptue, un peu provocante.

Susurrée par des bouches venimeuses.

Jetée dans les pattes pour faire trébucher.

Murmurée au cours d'une conversation intime émaillée de confidences.

Sortie de sa boîte pour consoler et rassurer.

Brandie comme un étendard.

Envoyée sèchement tel un diagnostic de comptoir…

Ceux qui la reçoivent n'y sont jamais insensibles. Chacun réagit à sa façon. Par un cillement, un léger frétillement, une soudaine impatience dans le geste, une brusque démangeaison, une rougeur de la face, un déferlement de tics, une raideur de la mâchoire, un subit piétinement… J'ai vu des regards chercher une porte de sortie. J'ai vu des collègues s'abîmer dans le silence, s'y noyer. J'en ai vu d'autres pleurer, s'effondrer d'un coup comme sac vide. J'ai vu des colères se lever semblables à des ouragans. J'ai vu des colosses se transformer en poupées de chiffon. J'ai vu une pie grièche se changer en statue de sel. J'ai vu une autre pie passer muette d'un coup…

Non, on n'arrive jamais là par hasard, à l'hôpital psychiatrique.

Un jour de son existence, on en prend le chemin.

Quel chemin ?

Parfois, j'imagine une trace tortueuse, rocaille et nids-de-poule.

J'imagine aussi un labyrinthe végétal dans un jardin à la française.

J'imagine les cailloux blancs du Petit Poucet.

J'imagine un Eldorado au bout d'une route semée de pièges pour sans-papiers.

J'imagine une forêt à traverser, peuplée d'une faune menaçante. Des animaux sauvages, des zombis, des vieux fantômes poussiéreux et endimanchés.

J'imagine l'odyssée d'Ulysse, les mers déchaînées, les rencontres imprévues, le si beau voyage.

J'imagine encore et encore des îles au trésor derrière les brumes, des terres nouvelles à découvrir et explorer et parcourir à l'infini.

J'imagine des plages tapissées de coquillages…

J'imagine Sophie sous les rails du métro…

J'imagine son corps débité, ses membres épars, sa tête écrasée…

La dépression de Sophie R.

Il y a vingt ans rien n'aurait pu annoncer que Sophie se retrouverait là, jusqu'à la fin de ses jours, dans un hôpital psychiatrique. Qui aurait pu dire qu'elle se suiciderait à quarante-deux ans ?

Au début de la maladie, sa famille croit qu'elle « fait » une dépression. Ce mot semble rassurer ; il donne à espérer une guérison. La mère en parle comme d'une maladie infantile. Elle répète : « Ça se soigne bien, la dépression. » Ensuite, elle cite en référence un article récemment lu dans un magazine féminin. Durant son enfance et son adolescence, Sophie n'avait pas posé de problèmes particuliers. « Un beau bébé de trois kilos deux cents. » Une crise oubliée – c'est vrai – à la puberté, à l'âge de l'acné rebelle, des premières règles, du tunnel dangereux entre l'enfance et l'adolescence. Sophie racontait que son corps se transformait contre son gré. Elle avait eu du mal. En parlant de ses seins, il paraît qu'elle disait : « Ces trucs qui me trouent et sortent de moi. » D'après sa mère, elle évitait de se regarder dans les miroirs, se trouvant monstrueuse. Il y avait eu des larmes étranges qui semblaient cacher une douleur secrète. On avait songé à une amourette contrariée. Personne n'avait cherché plus loin. Et puis, des semaines de pétrification avaient suivi. Le docteur de l'époque avait déjà évoqué la dépression, se souvenait la mère. Il avait dit que ça passerait. Après cet épisode, Sophie avait paru se refermer sur elle-même, fuir un peu le monde. Mais tout était revenu à la normale : elle avait réussi à décrocher son bac, suivre des études courtes et trouver un travail à Paris, dans une agence immobilière. Sophie paraissait insérée socialement.

À vingt-cinq ans, Sophie quitte sa province pour la capitale. Là-bas, chez elle, tout le monde est persuadé qu'elle est tirée d'affaire. Jeune femme indépendante, Sophie ne donne guère de nouvelles à ses parents. « Pas de nouvelles, bonnes nouvelles ! On l'a toujours connue comme ça : en retrait, à l'écart des autres, ne se mélangeant guère... » Certains la trouvent froide, distante, voire arrogante. Elle vit seule, dans un studio, avec deux chats.

Un jour, tout craque et s'éboule autour d'elle. Sophie n'a pas la force de sortir de son studio. Le lendemain non plus. Une semaine passe sans qu'elle se manifeste. Quinze jours... Un mois... Sur son lieu de travail, les gens commencent à s'inquiéter. Deux ans plus tôt, une des secrétaires l'a aidée à s'installer. Elle et Sophie auraient pu être amies, mais Sophie n'avait pas voulu. La collègue décide d'aller aux nouvelles. Elle sonne à plusieurs reprises. L'oreille collée à la porte, elle entend miauler les chats. Ils appellent au secours.

Les pompiers débarquent. Dans le studio, les rideaux sont tirés. La pièce est plongée dans une noirceur inquiétante. L'odeur ambiante est pestilentielle. Pas un bruit hormis le miaulement insistant des chats : deux pauvres bêtes décharnées. On trouve Sophie. Alitée tel un gisant, terriblement amaigrie, les yeux fixes, chassieux, pareils à deux billes noires au fond des orbites. Étendue raide dans des draps poussiéreux, sales, tachés de vieilles urines et d'excréments séchés, Sophie a des escarres avancées au niveau des talons, des coudes, du coccyx. Pas question de la sortir du lit sans précautions. De toute façon, elle ne peut pas marcher. Quant à expliquer ce qui lui est arrivé, c'est questionner un mur. Sophie a comme perdu la parole.

Elle est aussitôt transférée à l'hôpital psychiatrique, sur un brancard. Au bout d'un mois, elle tente de répondre à quelques questions. Tout est flou. La mémoire incertaine. Les propos évasifs. Le discours haché, interrompu brutalement. Sophie dit qu'elle entend parfois des voix qui l'insultent ou lui donnent des ordres. Elle voit aussi des armes blanches qui se précipitent vers elle pour l'achever, lui trancher la tête, couteau, sabre, rasoir, hache… Elle dit que la réalité perd parfois de sa consistance. Les murs se désagrègent ou ramollissent comme des marshmallows, ou bien se gorgent d'eau à la façon de l'éponge, ou encore s'effondrent tels des châteaux de sable…

Les infirmières lui font ses soins d'escarres chaque jour. Là où l'ulcération est fibrineuse, on procède à la détersion. Là où les plaies sont très exsudatives avec macération importante au niveau des berges, on pose de l'hydrocellulaire. Aux talons, là où les tissus sous-jacents ont été nécrosés jusqu'à l'os, on tente de ramollir les chairs en apposant un hydrogel et une plaque hydrocolloïde. On utilise exclusivement des compresses stériles. Aux endroits où la plaie bourgeonne, on privilégie le pansement gras. Les tendons ont manqué être attaqués. Au bout de trois mois de soins, Sophie est physiquement rétablie.

Sur le plan psychique, il n'en va pas de même. Sophie est une redoutable clinophile qui pourrait passer ses journées au lit. Elle est invitée à participer régulièrement aux activités thérapeutiques proposées par les éducatrices et les ergothérapeutes. Elle a donné son accord pour rejoindre l'atelier de dessin et peinture sur soie. À son écoute, il y a un psychologue, un psychiatre et huit infirmières.

Sophie fume. Elle tire une chaise dans le patio et discute avec d'autres patients. Elle dit qu'elle va s'en sortir. Elle ne sait pas comment tout cela a bien pu commencer. Elle assure qu'elle n'a gardé aucun souvenir du temps où elle ne quittait plus son lit et se laissait mourir. Elle déclare qu'elle va reprendre son travail.

Elle développe une stéréotypie gestuelle. Cinquante fois par jour, elle réajuste son encolure, retrousse ses manches, pose ses mains à plat sur ses cuisses et, immobile, les fixe longuement.

Le médecin tente une sortie. Sophie vient de passer neuf mois à l'hôpital. Elle dit adieu aux infirmières : « Je vous aime bien, mais je n'ai plus envie de vous revoir… Juré, je vais continuer à prendre mes médicaments… » Elle part en riant.

Après une semaine, Sophie est réhospitalisée en urgence. Elle a sauté du premier étage de la cafétéria de son entreprise. Par chance, elle n'a rien de cassé. Juste un tassement de vertèbres. Elle dit que sa vie est insupportable et qu'elle veut en finir.

Les mois filent. On la remet sur pied. Les antipsychotiques prescrits semblent lui faire reprendre contact avec la réalité. Sophie participe à un séjour thérapeutique. À leur retour, les soignants dressent un bilan négatif. Sophie est fortement handicapée par ses rituels de vérification. Elle n'est jamais parvenue à trouver sa place au sein du groupe. Elle se sentait persécutée, ne prenait aucune initiative, refusait même les sorties en ville, disant que les gens la regardaient bizarrement, l'épiaient, la jugeaient…

Les quatre saisons d'une nouvelle année passent. En hiver, Sophie rumine et fume comme un vieux bluesman. Au printemps, elle tricote dans le patio. En été, elle fait des projets, raconte qu'elle va reprendre son travail. Quand vient l'automne, elle sombre dans le silence avant d'agresser physiquement une infirmière qui se serait moquée d'elle. Sophie est imprévisible. À tout moment, elle peut s'en prendre à un autre patient qui la dérange parce qu'il mange une pomme, par exemple. Le tapage produit par la mastication conjugué au bruit de la pomme croquée lui est insupportable. Elle se mord les lèvres, réajuste son encolure, retrousse ses manches, pose ses mains à plat sur ses cuisses et, immobile, les fixe longuement. Et puis, elle saisit son poste de radio et le jette sur le mangeur de pomme.

Sophie ne peut expliquer son attitude. Sa pensée est embrouillée, désordonnée. Elle veut parler, mais semble empêchée. Elle hoche la tête d'un air entendu.

Les mois se suivent avec des hauts et des bas. Le traitement est réajusté dix fois.

Un autre essai de réinsertion sociale vient d'échouer. Sophie renonce à renouveler le bail de son studio. Ses affaires sont placées dans un garde-meuble. L'assistante sociale lance la demande d'allocation d'adulte handicapé tandis que Sophie participe assidûment à l'activité : peinture sur soie, animée par l'ergothérapeute.

Deux autres années filent. Un jour, Sophie agresse une infirmière à coups de parapluie, puis elle tente de s'étrangler avec la taie de son traversin. Pour sa sécurité, il faut l'isoler dans une chambre de soins intensifs. Elle y restera trois semaines.

Parfois Sophie dissimule ses comprimés. On doit surveiller de près la prise du traitement buvable. Elle soupçonne les infirmières de vouloir l'empoisonner. Elle observe longuement les cachets – rose, jaune et bleu – posés dans la paume de sa main. On dirait qu'elle attend de les voir s'envoler comme s'il s'agissait d'une bande de coccinelles déguisées pour le grand carnaval des coléoptères. Sophie les scrute, les tourne et les retourne. Elle demande encore une fois les noms, dosages, propriétés de chaque comprimé. Elle négocie : « Est-ce que je suis obligée de les prendre tous ? Celui-ci me fait perdre la mémoire… Celui-là m'empêche de lire… Cet autre me donne des aigreurs d'estomac… »

Dix ans déjà. Sophie compte désormais parmi les patients dits « chroniques ». Des hauts et des bas. Des moments de repli, toujours. Des périodes d'espoir durant lesquelles elle semble approcher une certaine réalité. Des parenthèses brutales où elle se met à renverser les tables, à planquer des couteaux dans ses affaires, à sauter – toutes griffes dehors – à la gorge des infirmières qui, s'imagine-t-elle, parlent et ricanent dans son dos. S'enchaînent des épisodes de violence fulgurants, des parenthèses d'enlisement, des séquences dépressives où Sophie semble s'effacer, disparaître, s'engluer plus profond dans d'infernales pensées parasites…

Elle est incurique, il faut lui rappeler avec tact les quelques règles élémentaires d'hygiène. Elle assure qu'elle se lave mais il y a des jours où elle sent très mauvais. Elle reproche à Sylvie, l'aide-soignante, de faire du zèle, de mettre ses paroles en doute, de la harceler avec ses histoires de toilette, douche, shampooing et compagnie.

Parfois, gagnée par l'angoisse, Sophie demande sa sortie définitive de manière intempestive. On dirait qu'elle attend le départ de tous les médecins du service… Il est vingt et une heures, ou bien c'est le week-end, un jour férié… Elle se fait agressive.

« Pourquoi vous me gardez ici ? Vous m'avez détruite... Je n'ai pas besoin de vous. Je peux me débrouiller seule ! »

Un matin, elle apparaît soudain libérée de ses stéréotypies gestuelles, prête à l'emporter sur la maladie, à reprendre le cours de sa vie... Elle fait ses valises, déclare qu'elle va s'installer à l'hôtel en attendant de trouver un travail. Las, cet élan miraculeux ne dure guère. À l'heure du repas, on voit Sophie, ritualisée, se placer dans la file d'attente des patients qui marchent vers le self.

Sophie se regarde de longues heures dans un miroir. Que voit-elle en vérité ? Quelles forme et structure a ce reflet qui lui est renvoyé ? Elle vient d'avoir quarante-deux ans. Ses dents sont marronnasses : le tabac et les neuroleptiques ont attaqué sa dentition. Des rides marquent sa peau aux commissures des lèvres, au coin des yeux. Sa peau est grisâtre. Des cheveux blancs sont apparus dans sa crinière abandonnée. Quinze ans de psychiatrie, déjà...

Depuis un an et demi, Sophie semble stabilisée. Elle sort en ville librement tous les après-midi. En général, elle se rend au supermarché du coin. Elle se promène entre les rayonnages. Elle s'achète des vêtements à la mode avec l'argent de son allocation d'adulte handicapé. Elle côtoie les infirmières dans une sérénité apparente. Lors de ses entretiens avec son psychiatre, Sophie parvient à s'exprimer par bribes. Elle dit accepter la maladie...

Aujourd'hui, comme à son habitude, Sophie est sortie.

Mais aujourd'hui n'est pas un jour ordinaire.

Sophie a marché jusqu'au métro pour en finir avec son existence.

Quinze ans à l'hôpital psychiatrique.

Qui peut dire si son geste était prémédité ?

Plus tard, on apprendra qu'elle est restée un bon moment assise à regarder passer les rames de métro. Un témoin raconte qu'elle paraissait tranquille. Une dernière fois, elle a réajusté l'encolure de son chemisier, retroussé ses manches, posé ses mains à plat sur ses cuisses et, immobile, les a fixées longuement. Après, elle s'est levée, semblable à un automate, laissant son sac à main sur le siège de plastique jaune. Elle s'est approchée de la voie. Elle a regardé le métro arriver. Et elle a sauté.

Je ne peux m'empêcher d'imaginer la scène, l'horreur. Ses membres déchiquetés sur les rails ensanglantés. Son pauvre corps mutilé.

Pourquoi je fais ce métier tellement ingrat ?

Trente ans que je suis là... à l'hôpital psychiatrique...

Là où la mort rôde à toute heure.

Là où la folie est un aller simple.

Là où la douleur s'expose sans fard.

Là où on rit sans raison ni jugement.

Là où les cris sont un langage ordinaire.

Là où l'angoisse étreint et poisse.
Là où on pleure toutes les larmes de son corps.
Là où on porte son âme en bandoulière.
Là où le désordre est de rigueur.
Là où le quotidien est extravagant.
Là où on fume.
Là où on hurle.
Là où on s'enlise.
Là où on baise ses propres démons.
Là où on livre des batailles sans fusils ni canons.
Là où on se bat contre soi-même.
Là où on voit des invisibles.
Là où on entend des paroles sans visages.
Là où on se détruit.
Là où on se construit.

Sans but ni horizon

Je me souviens…

Nous sommes en mai 1977.

J'étudie les lettres modernes à l'université de Nanterre.

J'ai vingt ans.

Villejuif.

Qu'est-ce que je fais là ?

C'est la première fois que je passe la porte d'un hôpital psychiatrique.

J'accompagne un ami qui veut devenir infirmier. Quelle idée ! Pour l'instant, Francky est brancardier. Il a déjà passé les épreuves écrites de l'examen d'entrée et se présente aujourd'hui à l'oral. Guadeloupéen comme moi, il sous-loue une chambre à la résidence universitaire. Nous habitons le même bâtiment et sommes amis. Francky est le confident de mes histoires de cœur.

Je suis assise dans une grande salle. Le plafond est très haut. Les portes sont imposantes. On dirait presque le château de Versailles. Pour tuer le temps, je compte machinalement les dalles usées. Je repère celles qui sont fendues, disjointes, éclatées. J'imagine les gens d'une autre époque : des femmes en robes à crinoline, des hommes coiffés de hauts-de-forme. J'attends que Francky en ait terminé avec cette affaire. Je m'impatiente. Je rumine. Quel est le programme après ? Francky m'a parlé d'une balade à Paris… À ce moment précis, la seule question que je devrais me poser est la suivante : Qu'est-ce que je vais bien pouvoir faire de ma vie ?

Deux ans que je dérive de petits boulots en jobs minables. Je me démène tant bien que mal pour payer mon loyer. Une vie de galère. Je sèche les cours plus souvent qu'à mon tour. Mon porte-monnaie est toujours vide. Mon père, l'adjudant, ne me donne pas un centime. Il a dit que je n'avais qu'à me débrouiller, qu'il ne m'avait pas envoyée en France, que j'étais majeure et plus sous sa responsabilité. C'est ma sœur aînée qui m'aide de son mieux, sans obligation, juste par charité pour la petite sœur qui s'en est allée voir du pays.

Deux ans que j'ai quitté la Guadeloupe. Je vole de mes propres ailes et j'étudie en France. En partant, j'ai promis de devenir professeur de lettres. À l'époque, ça me paraît logique, facile. J'aime lire et écrire. J'ai toujours été la première de ma classe en français. Arrivée en terminale, je bouclais en deux heures une dissertation et j'avais toujours la meilleure note. En ce temps-là, j'étais une vedette dans mon genre, considérée comme une sorte de phénomène.

J'ai cru choisir la solution de facilité. Las, je dois me nourrir de matières indigestes : latin, linguistique, ancien français… Je n'en peux plus. Je vole désormais sans but ni horizon. Au fond de moi, je sais que je n'y arriverai pas. Je vais bientôt abandonner la partie, me poser quelque part, là où le latin est vraiment une langue morte et enterrée.

Ces derniers jours, j'ai découvert quelque chose sur moi-même : je ne fais des efforts que pour ce qui m'intéresse, en l'occurrence la langue française vivante, celle qui raconte les histoires des romans. Tout le reste m'indiffère et m'ennuie. J'écris tous les jours. J'écris mon existence dans des romans qui ne seront sûrement jamais publiés. J'invente des histoires bâties avec des morceaux de moi. Je crée de toutes pièces des personnages modelés avec des images de terre et d'eau qui viennent d'un temps enfui. J'écris avec des voix qui chuchotent au creux de mon oreille. J'écris en suivant les traces laissées par des êtres évanescents, des esprits innommables et qui m'habitent en permanence. J'écris aussi mon pitoyable quotidien, mes peurs, mes rêves, mes amours…

C'est le printemps. J'ai envie d'une autre vie. Jusqu'alors j'ai pu donner le change, mais je n'irai plus très loin… Je suis au bout du voyage universitaire. Il est temps de renoncer. Accepter l'échec. Regarder la réalité en face. Le plus dur sera de lire la déception dans les yeux de ma mère. Non, il n'y aura pas de professeur de lettres dans la famille. Faudra s'y faire. J'ai de bons arguments à ma disposition. La solitude dans le grand froid. Le mal du pays. La misère… Je pourrais les culpabiliser tous, dire que j'ai dû me débrouiller seule comme une pauvre malheureuse. Et j'ai eu de la chance dans mon malheur, je ne suis pas tombée dans la drogue ou la prostitution. Ce n'était pas facile tous les jours. Je n'aurai qu'à énumérer mes jobs : bonniche pour les petites bourgeoises parisiennes, serveuse de bar, employée de cantine, standardiste, baby-sitter, demoiselle de compagnie pour vieilles dames, hôtesse d'accueil au Salon du tourisme et des voyages, doudou créole souriante et trop fardée à la Foire de Paris. Tous ces petits boulots au noir payés au lance-pierres, que je ne peux même pas compter…

Je me souviens de cette femme qui mettait ses culottes sales à tremper dans une bassine toute la semaine. Chaque jeudi, ça faisait partie de mon travail de les laver. Tremper mes mains sans gants dans l'eau savonneuse bien noire et crasseuse. Frotter les petites culottes de Madame jusqu'à ce qu'il n'y ait plus aucune trace douteuse. Frotter à me brûler la peau parce que ce qu'il y avait au fond des culottes de dentelle ne partait pas facilement. Et c'était la première chose qu'elle me demandait à son retour, le jeudi soir : « Vous avez lavé tout ce qui était dans la bassine ? » Et moi, la future professeure de lettres, je hochais la tête et murmurais un « Oui, m'ame », de la même façon qu'une brave servante noire du fin fond du Sud américain. Elle ajoutait : « Vous avez bien fait attention, j'espère. C'est très

très fragile… » Et elle me tendait mes vingt francs, après avoir inspecté la cuisine, les faïences de la salle de bains, les vitres, les meubles et tous les recoins du salon. Cinq heures de travail…

Peut-être que si j'avais eu le courage de me prostituer, j'aurais économisé mes forces et gagné plus d'argent. Combien demandaient les péripatéticiennes pour leurs services ? Peut-être cinquante francs la demi-heure… Mais je suis trop lâche. J'ai peur de l'inconnu dès lors qu'il n'est pas fantasmé. Je réfléchis trop et sans cesse. Alors je reste à l'abri, au fond de ma tanière, et je n'en bouge plus. Là, je ressasse, je m'imagine dans des situations incroyables. Je me retrouve dans des scénarios abracadabrants, des mises en scène cauchemardesques. Ces délires réapparaissent dans les histoires que j'écris. À un moment ou un autre, mes personnages sont contraints d'affronter des démons, des monstres, des ombres gigantesques. Ils se débattent et luttent pour leur survie. Ils souffrent et tentent de s'en sortir, de se construire jour après jour. Moi aussi, j'essaie de me construire, de bâtir mon existence avec ce qu'on m'a légué, armes et bagages, doux chagrins, secrets canis, souvenirs nauséabonds.

Oui, je pourrai dire à ma mère que cette vie de galère m'a éreintée. Résultat : je dors sur un banc de l'amphi. Je rêve. Je suis portée par la mer. Je fais la planche. Je dérive. Par l'opération du Saint-Esprit, je suis en deuxième année de Deug de lettres modernes, mais c'est sûr, je ne serai pas admise en licence. Je vais abandonner les études et faire mon deuil de cet avenir de professeure.

Et maintenant ?

Quelle route ? Quel chemin ? Quelle existence ?

Je ne m'imagine pas ailleurs que dans cet univers des lettres. Ce petit monde d'encre et de papier. Je ne veux rien d'autre qu'écrire, assise bien droite au fond de ma tanière, et raconter des histoires. Elles débordent en moi à chaque instant du jour. Oui, des vies grouillent littéralement en moi. Elles exigent que je les raconte avec des mots, des phrases, des paragraphes. Est-ce que ces phénomènes sont vécus aussi par les gens ordinaires ? Est-ce que c'est normal, docteur ?

Qu'est-ce que je vais pouvoir faire ?

Quel métier exercer ?

Aucune idée.

Il faut pourtant assurer son pain quotidien.

« Tu n'es plus une enfant. Tu dois t'assumer. Tu dois trouver un travail, une formation, choisir une nouvelle branche ! » me souffle une petite voix.

Quelle branche ? Je ne sais rien faire... Oui, il faut que je trouve une branche solide à laquelle m'accrocher.

« Qu'est-ce que tu aimes ? Voilà la question. Tu dois réfléchir... »

Je suis toujours assise dans la grande salle austère du château de Versailles à Villejuif, en plein désarroi. J'ai l'impression qu'un gouffre s'est ouvert sous mes pieds. Les dalles usées se sont disloquées d'un coup. Je suis au bord du vide, terrifiée.

« Qu'est-ce que tu vas faire de ta vie ? »

Question angoissante comme une mare au diable.

J'aime lire et écrire. Peut-être que c'est une façon de fuir la réalité du monde. Peut-être que je ne suis pas faite pour ce monde-là... Peut-être que je vais mourir jeune et que je n'aurai plus à me tracasser... Non, ce serait trop simple.

Dès que j'ai su aligner des lettres, je me suis mise à écrire. Je ne sais pas d'où vient cette passion... Est-ce que c'est une lubie ?

Peut-être que je pourrais devenir écrivain...

« Arrête de rêver ! Tu ne vivras pas de ta plume. Reviens dans le monde réel ! »

Je suis peut-être perdue pour le professorat, mais cela ne m'empêchera pas de continuer à écrire. Tous les romanciers ne sont pas des enseignants. C'est sûr, je trouverai une porte de sortie. Je suis débrouillarde. Je n'ai jamais vraiment crevé de faim durant ces deux années de galère. Avec mes petits boulots, j'ai même pu me payer des vacances en Guadeloupe. Pour quelques billets, j'ai donné des cours de français, je me suis déclarée coiffeuse sur le campus et j'ai réussi des défrisages, posé des bigoudis, natté et tressé les cheveux des petites négresses de la fac, j'ai raccommodé des vêtements et fait des ourlets, j'ai gardé un chien, un lapin, un hamster, j'ai arrosé des plantes dans un appartement du XVIe arrondissement, j'ai vendu des sandwiches à la gare de Lyon, j'ai distribué des prospectus dans la rue, j'ai téléphoné trois cents fois pour l'élection d'une nymphette à un concours de chansons... Et puis j'ai écrit des lettres d'amour pour des étudiants. Ils m'ont payée pour ça. Peut-être que je pourrais faire l'écrivain public si je n'arrive pas à devenir écrivain tout court…

Les voyages de Gabrielle S.

Mademoiselle Gabrielle S. a vingt-cinq ans. Elle partage la chambre 10 avec Sophie depuis le mois de décembre. Elle ne sait rien de ce qui vient de se passer, là-bas, à Paris, dans une station de métro. Sur les rails du métro. Un drame. Tout à l'heure, des policiers vont franchir le portail de fer forgé de l'hôpital. Combien seront-ils ? J'imagine, traversant le grand parc planté d'arbres centenaires, un fourgon bondé de policiers. Combien d'entre eux se présenteront à la porte du service ?

Cet après-midi, je travaille avec Noémie, une jeune infirmière diplômée de l'année. Quand je lui rapporte ma conversation avec le policier, elle écarquille les yeux, se mord les lèvres et puis met sa main devant sa bouche comme si elle bâillait. En fait, elle contient un cri muet. Je lui dis que nous devrons faire en sorte que les hommes en uniforme ne perturbent pas les patients.

Peut-être voudront-ils aller dans la chambre de Sophie, regarder dans ses affaires, vérifier qu'elle n'a laissé ni lettre explicative ni message d'adieu. Ils poseront des questions sur son placement, son comportement, ses habitudes…

Pour l'heure, Mademoiselle Gabrielle S. est dans sa phase maniaque. Complètement désinhibée. Gabrielle est une patiente connue du service. Cela signifie qu'elle a été hospitalisée à plusieurs reprises. Déjà neuf hospitalisations en cinq ans, sans compter les séjours dans différents CHS[1] de province. Elle souffre, disent les psychiatres, d'une PMD – psychose maniaco-dépressive.

Quand la maladie se manifeste pour la première fois, Gabrielle a dix-sept ans. Le médecin de l'époque diagnostique une BDA (bouffée délirante aiguë). En effet, le jour du remariage de sa mère, Gabrielle quitte précipitamment la mairie et s'offre à tous les hommes qu'elle peut attraper, tous les hommes rencontrés sur son chemin, dans des bars, au coin d'un bois, dans une cave, sur un parking. Trois jours et deux nuits de folie. Elle se balade à moitié nue dans les rues après avoir été violée. Elle chaparde des bas et des petites culottes dans un supermarché car, dira-t-elle plus tard- afin de justifier son geste, « le premier des abrutis peut comprendre que je ne pouvais pas me laver, que le sperme de ces

1. Les sigles utilisés au cours du récit sont explicités en fin de volume.

sales types me collait entre les jambes et que je devais aller porter plainte à la police le plus vite possible, j'étais dans l'urgence... ». Elle insulte un chauffeur de bus qui lui demande de présenter son titre de transport. Elle menace d'égorger une boulangère sous prétexte que ses mèches blondes ne sont pas naturelles et qu'elle est une pâle copie de Marilyn Monroe. Ensuite, Gabrielle se fait tabasser par des SDF et mordre par un chien en tentant de pénétrer sur une propriété privée... « Vous écoutez ce que je dis : j'ai été violée, violée ! vio-lééééée ! et ces salauds me poursuivaient. C'est pour ça que j'essayais de me réfugier dans ce jardin... » Elle manque d'être arrêtée par la police pour troubles du comportement sur la voie publique. Mais, rattrapée *in extremis* par des amis de sa mère, elle finit sa course dans une clinique psychiatrique de la région parisienne. Le médecin qui reçoit la mère et la fille se veut rassurant. Il déclare qu'une BDA peut demeurer un phénomène isolé dans une vie. En quelque sorte, le cerveau a été en surchauffe et doit refroidir, revenir à une température normale. Le praticien explique qu'il existe des médicaments pour ça. Il compare le cerveau de Gabrielle à une Cocotte-minute dépourvue de sa soupape de sécurité. Il cherche aussi des éléments déclencheurs à la BDA : un déménagement, le fameux remariage, le stress, la mort du chat Zébulon écrasé par un camion, le bac, une rupture sentimentale...

À sa sortie de clinique, les consignes sont claires : Gabrielle doit se reposer, éviter les stimulations, avaler des cachets... Il n'est même pas question qu'elle se présente aux épreuves du bac. Fin juillet, la mère s'envole pour Marrakech en voyage de noces avec son époux et envoie Gabrielle dans le Finistère, chez sa grand-mère.

Gabrielle interrompt son traitement au bout d'une semaine : « Hé ! Ça arrive à tout le monde de péter les plombs ! Mamie, tous ces cachetons me rendent complètement gogol… Ici, je suis comme une poulette nourrie au bon grain… Je fais de la chaise longue. Je me dore la pilule. J'ai besoin de rien d'autre pour me remettre sur pied… » La grand-mère croit aux vertus du bon air iodé de la Bretagne, aux tisanes, aux soupes de légumes du jardin et aux confitures maison. Elle-même se refuse à consommer des comprimés miracle sortis de leurs boîtes. Elle se fait donc la complice de Gabrielle dans l'arrêt du traitement. « Motus et bouche cousue ! C'est notre secret. On ne dit rien à ta mère… Juré ! »

À la mi-août, Gabrielle demande à sa grand-mère de lui raconter ce qui s'est passé durant ces trois jours de folie car elle n'en a gardé aucun souvenir. « Le trou noir. Tout oublié. » La mamie choisit ses mots avec soin : « Paraît que tu as fait comme un jeune homme qui jette sa gourme… » Gabrielle se referme sur elle-même et affiche du jour au lendemain une tristesse de cimetière. Ce sont les termes utilisés par la grand-mère pour décrire son état. « Ben, qu'est-ce qui t'arrive, ma petite fille ? On dirait que tu vas à l'enterrement. Qu'est-ce qui te fait de la peine comme ça ! » L'effervescence et l'entrain, l'humeur ludique, le goût des jeux de mots et des blagues grivoises, la tendance à dépenser de l'argent sans compter, l'envie de faire mille choses à la fois en se fichant de ce qu'en penseraient les gens…, tout cela cède la place à une profonde tristesse noyée dans les larmes, une incapacité à s'échapper d'une sorte de torpeur qui la tient captive comme si elle était sous le coup d'une malédiction…

En septembre, Gabrielle est de retour à Paris. Au grand dam de sa mère, elle se met à boire, à aller et venir sans donner d'explications, à consommer des drogues. Toutes sortes de toxiques. À abuser de médicaments sédatifs. « À se comporter comme une folle, alors qu'elle est très intelligente… À fréquenter des gens peu fréquentables… Je ne la comprends plus, se lamente la mère. Elle est devenue incontrôlable… Parfois, on dirait un pitbull ! » Selon la mère, ses copains sont toujours des marginaux avec chiens et puces, et araignées au plafond. Des zonards, des asociaux pas catholiques qu'elle suit comme un toutou, aveuglée, parfaitement convaincue qu'ils sont ses vrais amis. Les seules personnes sur terre à la comprendre… Hormis les poux, Gabrielle finit par attraper des maladies sexuellement transmissibles, des hépatites…

À dix-neuf ans, Gabrielle va et vient. Elle va dans toute la France, pendue aux basques d'un fiancé pour la vie… qui change chaque mois. Sale, fracassée, droguée, elle vient ensuite se réfugier chez sa mère qu'elle ne se prive pas d'insulter, de menacer, de frapper. Plus ou moins rétablie, elle s'en va de nouveau, échoue dans un hôpital psychiatrique de province. Revient…

Gabrielle a toujours pensé que fuir était la solution à ses problèmes. À Paris, il y a sa mère… La responsable de tous ses tourments. Gabrielle la désigne comme sa tortionnaire. La méchante sorcière qui pourrit son existence… En s'éloignant d'elle, Gabrielle est persuadée qu'elle échappera au sortilège. En partant, elle croit mordicus que du même coup elle abandonnera sa maladie sur place, s'en débarrassera comme d'une pelisse mitée ou d'un vieux chien galeux et rhumatisant. Hélas, elle pourra faire le tour du monde, la maladie ne la lâchera pas. Tout ce qui germe dans son esprit ne cessera de croître et proliférer aussi bien à Paris qu'à Chambéry ou Calgary.

Gabrielle est hospitalisée sous HDT – hospitalisation à la demande d'un tiers. Sa mère en est la signataire. En plein hiver, elle portait des lunettes de soleil qui dissimulaient à peine son œil au beurre noir. Cette fois, Gabrielle avait manqué la tuer. La femme avait des hématomes sur tout le corps. Non, Gabrielle n'en est pas à sa première hospitalisation sous contrainte. Comme toujours, il faudra attendre sans doute quelques mois avant qu'elle accepte la nécessité des soins psychiatriques. Il y a encore une semaine, Gabrielle en voulait terriblement au monde entier et plus particulièrement…

À sa mère…

« Cette salope m'a provoquée ! Elle veut ma mort ! Elle m'empoisonnait ! J'ai fait que me défendre… Elle voulait me faire prendre de force ses sales potions… La prochaine fois, je la tuerai… Elle n'a eu que ce qu'elle mérite… »

À son père trop tôt disparu…

« Cet enfant de pute… »

Aux infirmières…

« Toutes des salopes… Allez toutes vous faire enculer avec vos cachetons ! »

À l'hôpital et à son directeur, aux médecins…

« Tous des enculés, traîtres, vendus… Je vais porter plainte contre vous ! »

En ce moment, le discours est plus contenu. Moins d'injures et de menaces de mort.

Quand elle rencontre son psychiatre, elle s'effondre parfois, se met à pleurer après avoir ri. Elle répète qu'elle est prête à sortir de l'hôpital. « Écoutez, docteur, je dois aller vivre ma vie. J'ai besoin de revoir mes amis de province. J'ai besoin de voyager… Combien de temps vous me gardez encore ? »

Le médecin répond : « Je ne sais pas. Je ne vous sens pas tout à fait prête à sortir…

– Qu'est-ce qui vous fait dire ça ? Vous me connaissez pas, vous savez pas ce que j'ai dans la tête…

– Je le vois. J'ai aussi là sous les yeux les observations des infirmières. Votre humeur est très fluctuante. Vous vous emportez très facilement… »

De temps en temps, il lui arrive encore de déborder, d'insulter le médecin. Elle hurle des insanités et trépigne sur place. Et finit par quitter le bureau médical pour retourner dans sa chambre en titubant, comme enivrée par la violence de ses propres mots. Avant d'aller s'affaler sur son lit, elle ne manque jamais de claquer la porte de toute sa rage, façon de résister au système, dire qu'elle ne s'avoue pas vaincue, façon de faire résonner sa colère, sa révolte, sa présence au monde, façon de se faire entendre des autres, d'exister.

Depuis deux jours, Gabrielle noircit les pages d'un cahier. Les transmissions de l'équipe du matin, notées sur son dossier de soins, disent qu'elle n'est pas sortie de sa chambre en dehors des heures de repas. Elle s'est présentée sans réticence à la distribution des médicaments.

Je frappe à sa porte. Les draps sont bien tirés sur le lit de Sophie. Des journaux empilés sur sa table de chevet. Ma jeune collègue Noémie et moi nous tenons dans l'embrasure de la porte. Il n'y a rien à voir. Rien de particulier posé en évidence. Pas trace d'une lettre d'explication ou d'un petit mot d'adieu à sa famille.

Gabrielle est assise en tailleur sur son lit, un grand cahier ouvert dans le creux de ses cuisses.

« Qu'est-ce que vous voulez ? Sophie est pas là… », grogne-t-elle sans lever la tête.

Que dire ? Nous savons trop bien que Sophie n'est pas là, qu'elle ne reviendra pas, qu'on ne la verra plus, échouée sur son lit comme la seule rescapée d'un naufrage… Plus jamais, on n'aura à lui répéter de sortir de ce satané lit… Plus jamais on n'aura à lui faire des soins d'escarres…

« Elle a dit qu'elle revenait pour le goûter. Elle doit me ramener des clopes… Je lui ai donné dix euros… Elle a pas intérêt à m'entuber… »

Noémie pousse un soupir.

Et pour la première fois depuis que nous avons entrouvert la porte de la chambre, Gabrielle délaisse sa page d'écriture. Elle lève les yeux et nous regarde, peu amène.

« Est-ce que je peux être en paix cinq minutes… »

Je hoche la tête. Moi non plus, je n'aime pas être dérangée pendant que j'écris.

Les yeux de Gabrielle lancent des éclairs. Excédée, elle se gratte furieusement l'avant-bras avec le capuchon de son stylo. Il y a pas mal de scarifications à cet endroit. Je me souviens de l'ablation de ces fils, Gabrielle aussi avait voulu se suicider, comme Sophie.

« Qu'est-ce qu'il y a ? Pourquoi vous me regardez comme ça ! Vous faites chier, vous les infirmières… On peut jamais être tranquille… »

Nous refermons la porte.

« Faudra pas qu'elle soit là quand les policiers vont venir », chuchote Noémie.

Je le sais bien. Je suis à mon tour devenue une vieille infirmière, pleine d'expérience et d'anecdotes…

Je souffle : « Tu verras, ils viendront quand les patients seront au self, en train de dîner… »

Je me veux rassurante. Noémie doit être convaincue qu'elle peut s'appuyer de tout son poids sur moi.

Trente ans que je suis infirmière en psychiatrie…

Déjà trente ans…

Lila et ses Adonis

Mai 1977.

Une porte grince, s'entrouvre. Je sors aussitôt de mes pensées. Je me redresse. Un rai de lumière tire une diagonale jaune sur le sol. La dame qui vient d'apparaître a la mine sévère. Ses pas résonnent sur les dalles de pierre taillée comme ceux de la mère surveillante du pensionnat de bonnes sœurs où j'étais interne à Basse-Terre. Lorsqu'elle passe à ma hauteur, nos regards se croisent. Je la salue. Elle hoche la tête à trois reprises en me dévisageant d'une manière appuyée. Je fais de même. On dirait des complices qui fomentent un mauvais coup.

Actuellement, pour survivre, je suis demoiselle de compagnie-bonne à tout faire…

Lila est une vieille femme de soixante-quinze ans qui vit seule dans un deux-pièces du XVIIIe arrondissement. Métro Pigalle, tout en haut d'une rue étroite. Un immeuble vétuste à l'escalier de bois un peu crasseux. Lila habite au quatrième étage. Je lui ai été recommandée par Claudie, une étudiante de la résidence universitaire. J'ai besoin d'argent ; Lila a besoin d'une personne de confiance. Claudie connaît Lila depuis toujours et la considère comme sa grand-mère, mais elle n'a pas tout ce temps à lui consacrer. Autrefois, la vieille femme était une danseuse de cabaret très courtisée qui avait failli épouser un prince turc. Aujourd'hui, en plus de la solitude, le problème de Lila c'est l'escalier : « Un véritable chemin de croix ! » Son corps est tyrannisé par l'arthrose et elle ne sort plus de son appartement. « Faut lui faire ses courses et descendre ses poubelles. Tu verras, par moments, elle perd complètement les pédales. Elle n'est pas méchante… Juste un peu grincheuse, ronchon et chipoteuse… Tu crois que tu pourras t'en occuper ? » Je réponds que je vais m'adapter, j'ai absolument besoin de cet argent.

Au début, le contrat est clair : deux fois par semaine, soit le lundi et le jeudi après-midi, je passe trois heures au service de Lila pour le ménage, la vaisselle, le repassage, la cuisine, les courses et un brin de causette autour d'un thé à la menthe. Lila s'est engagée à payer trente francs chacun de mes passages. Le premier mois, tout se déroule selon notre accord. À la fin des trois heures, Lila ouvre son porte-monnaie et me tend les trente francs. Je la remercie et je m'en vais.

Depuis maintenant presque six mois, je grimpe les quatre étages de son immeuble. Lila et moi, on a eu le temps de s'apprivoiser. Je m'entends bien avec elle.

Lila est une séductrice rouée qui sait captiver, attendrir et même ensorceler son monde. Elle est drôle. Chez elle, je ris souvent. J'oublie mes soucis. J'oublie que je sèche les cours. Je ne suis plus harcelée par ces pensées navrantes qui me rappellent que je dois préparer mon avenir. Lila me distrait de ma culpabilité en me racontant sa vie. Quand je lui pose des questions, elle a toujours l'air un peu interloquée. Elle fait la coquette et dit qu'elle a du mal à croire que je m'intéresse vraiment à ses histoires qu'elle appelle des romances. J'en redemande. Je suis insatiable. Je ne regarde plus l'heure à la pendule du buffet. Je me remplis des histoires de Lila. Parfois, je suis même un peu jalouse : elle a vécu tellement de romances…

Assises côte à côte sur un sofa parme au velours élimé, nous plongeons dans le passé en feuilletant de vieux albums-photos. Ensemble, plissant les yeux, songeuses, nous scrutons les portraits de ses anciens amants. Elle les appelle « mes Adonis »… Ils apparaissent sur des clichés en noir et blanc, des photos retouchées à l'encre de Chine datant des années trente, quarante, cinquante… Ils ont les cheveux gominés. Ils portent des petites moustaches fines et bien soignées. Ils sourient au photographe. Ils sont en uniforme militaire ou bien en costume trois-pièces et lavallière de soie. Elle se souvient de chacun d'eux : nom, prénom, âge, profession, durée de la romance…

Plus de cinquante ans nous séparent mais, pendant ces moments de grâce, Lila et moi sommes pareilles à deux femmes sans âge marchant dans le même rêve.

Lila est une mulâtresse née en Guyane française. Elle est arrivée à Paris dans les années vingt. Elle précise : « En 1926 ! La même année que la Baker. » Dans sa jeunesse, Lila a été danseuse nue et elle aurait pu devenir la seconde Vénus noire de l'entre-deux-guerres si seulement le destin en avait décidé autrement… « Mais ils ont tout misé sur Joséphine Baker, cette si laide petite négresse d'Amérique qui n'a jamais été fichue de parler français correctement… » J'ouvre de grands yeux. Lila a aussi failli se faire épouser par un milliardaire et devenir châtelaine, comme la Baker… Je m'extasie. Lila se rengorge. « Malheureusement, on a menacé mon pauvre Jean-Charles de le déshériter s'il épousait une bamboula. » Elle me montre un cliché datant du 15 avril 1932. « Mademoiselle Lila et Monsieur Jean-Charles posent devant la tour Eiffel, commente-t-elle. En ce temps-là, y avait des photographes de rue. C'était une autre époque… » Nostalgique, elle caresse les visages lisses et jeunes sur la photo aux bords dentelés. « C'est la dernière fois qu'on se voyait… » À mon tour, j'observe les deux tourtereaux. Il y a tellement de passion et d'espoir dans les yeux de Lila. Elle porte un bibi à voilette, des gants blancs. « Ma robe était en soie sauvage, précise-t-elle, un modèle inspiré des collections de Paul Poiret et confectionné par une petite couturière de la rue Pigalle. » Les amants regardent dans la même direction. L'avenir semble leur appartenir. Aucune place pour les désillusions dans leur regard. Ils sont pareils à des stars de Hollywood. Je m'imagine dans la même posture. Fringante, altière…

« Et parle-moi du prince turc…

– Un vrai seigneur… Dommage, il était déjà marié… Ah ! En ce temps-là, j'avais tous les hommes à mes pieds, soupire-t-elle. J'étais si belle dans ma jeunesse ! »

En effet, Lila a beaucoup vieilli. Sa peau est tellement ridée, chiffonnée-chiffonnée… On dirait une vieille poupée de toile passée à la machine à laver et qu'on aurait négligé de repasser. Ses mains, belles et longues autrefois, sont quasi squelettiques et parcourues de veines épaisses comme des cordes. Ses ongles sont verdâtres, les griffes d'une très vieille sorcière mi-chouette, mi-tigresse. Ses cheveux, que je coiffe de temps à autre, partent en filasse. Je commence à m'attacher à elle et je l'aime comme une troisième grand-mère.

Un jour, fébrile, Lila vide ses armoires, ouvre ses valises de carton et m'offre des vêtements : robes de soie d'après guerre, caracos brodés à la main, sacs en croco, jupe fourreau, chemisiers de percale… Elle dit : « Je n'en aurai plus l'usage. Tu fais quelle taille ? 36 ! Comme moi à ton âge. » J'ai beau répéter que je ne peux accepter ses cadeaux, Lila me fait les gros yeux. Elle exerce sur moi un genre de chantage affectif. Je l'embrasse pour la remercier de cette garde-robe d'un temps reculé. Elle me serre dans ses bras et me supplie d'essayer les robes devant elle, l'une après l'autre.

« Ça me distraira ! » s'écrie-t-elle, guillerette.

Je m'exécute.

Quand j'enfile une robe blanche à fleurs roses et col Claudine, Lila applaudit. Et puis elle fond en larmes.

Au bout d'un moment, un brin théâtrale, elle sèche ses yeux et commence : « Un cadeau de Serge... »

J'attends la suite. Mais non, Lila est tombée dans un puits de silence. Prostrée sur le sofa, elle fixe intensément le rhododendron qui courbe la tête à côté de la télévision. Lila passe une heure dans cette posture sans que je parvienne à l'en faire sortir. Je me lève. Je lui dis au revoir. Encore une fois, adieu mes trente francs...

Cela fait trois mois que Lila n'ouvre plus son porte-monnaie. J'ai l'impression d'être devenue, à ses yeux, une petite parente pauvre bien contente de son affection. Elle me tient. Nos liens ayant changé de nature, je n'ose plus lui parler d'argent. Je continue pourtant de lui rendre visite, gratuitement ou plutôt en échange de ses robes démodées empestant la naphtaline que je ne porterai jamais pour sortir dans la rue, en échange des lambeaux de son existence fantasque qu'elle me livre au gré de son humeur...

En fait, je n'ai pas envie d'abandonner Lila. Au fond de moi, je la plains sincèrement. Personne ne vient jamais la voir, même pas Claudie. Percluse d'arthrose, Lila est condamnée à rester perchée, seule avec ses fantômes, au quatrième étage de son immeuble. En plus, elle a un grain, c'est certain. Et pas seulement un petit grain de rien du tout. Je la soupçonne d'être fortement dérangée, mais je ne suis pas médecin. Ces derniers temps, sans raison apparente, elle pique des colères phénoménales. Elle jette des assiettes à travers la pièce et se met à hurler. Elle devient tyrannique, m'accapare, critique ma façon de cuisiner ou de faire le ménage. Quand elle n'exige pas que je reste plus longtemps à sa botte, elle me chasse comme un chien. Elle boude et pleure et rit exagérément. Elle m'injurie et puis me demande pardon. Elle sombre dans le silence… Elle joue avec mes nerfs… J'encaisse sans broncher, par compassion, tendresse, peut-être… Je l'accepte tout entière, avec ses histoires d'amour tombées à l'eau, sa jeunesse perdue, ses rêves, ses douleurs, ses robes fanées, sa peau fripée, ses rires et ses larmes, sa folie…

Je suppose que la vieillesse peut mettre les gens dans cet état. Arrivé à ce grand âge et à force de se repasser le film de son existence, on doit déprimer en pensant à tout ce qu'on a raté, gâché, gaspillé… Le matin, en se regardant dans la glace, défiguré, méconnaissable, on doit avoir envie de tout recommencer… Mais c'est trop tard… On n'est plus qu'un vieux débris. Un corps souffreteux et inutile, une chair sans émoi, un esprit harcelé par les souvenirs.

Lila m'apparaît parfois comme un bourreau. Je n'éprouve pourtant pas de colère à son encontre. Je sais qu'elle souffre. Elle subit sa condition. Et je vois bien qu'elle n'est que la victime dans cette affaire. Quand elle semble perdre le contrôle, aux moments où ses émotions la transforment en caricature d'elle-même, en folle furieuse, j'ai envie de l'aider, de la soulager, de la réconforter…

Est-ce que mon grand-père paternel qu'on disait fou et qu'on surnommait le « bourreau » était aussi une victime ?

Est-ce que le bourreau et la victime peuvent se confondre dans une même personne, habiter ensemble un même corps, un même esprit ?

Quels sont les fous qu'on enferme ? Il y en a tellement dehors… Il y en a tellement cloîtrés, seuls, dans leurs appartements…

J'ai vingt ans. Je n'ai aucune réponse.

Quand la dame au regard complice réapparaît, elle se dirige vers moi et me demande si je suis venue me présenter à l'oral d'admission à l'école d'infirmières. Elle me sourit et hoche la tête comme si elle me soufflait la réponse. « Oui, vous êtes la dernière candidate. » Je répète : « Oui, je suis venue me présenter… » Elle ajoute, parole biblique : « Les derniers seront les premiers. » Sur une fiche, elle note quelques informations sur mon identité.

« Oui, j'ai le bac. Oui, j'apporterai une photocopie certifiée de l'original demain matin. Ah ! avec le bac, je suis dispensée des épreuves écrites. Oui, je suis prête à rencontrer le jury. »

Ectoplasmes et fantômes

Pauvre Sophie…

J'imagine ses membres épars, sa tête écrasée…

J'imagine le choc, la rencontre brutale du corps mol avec la machine de fer…

Est-ce que le sang a giclé partout, maculant les vêtements des passagers sur le quai ?

Est-ce que les chairs de Sophie ont été dispersées sur les rails ?

Est-ce qu'il y a eu des cris, un brusque mouvement de foule, un attroupement de joyeux voyeurs ?

Est-ce que des enfants ont assisté à la scène ?

Est-ce qu'il y a eu des larmes et des haut-le-cœur, des petits sourires et des commentaires ?

Nous nous dirigeons vers le bureau infirmier. Noémie me devance. Je lui ai demandé de prévenir la surveillante de garde, de l'informer de l'appel des policiers. En chemin, je croise Micha et Thierry, Monsieur T. et Françoise qui passent leurs journées à déambuler dans les couloirs. À les voir, on pourrait croire qu'ils vont, tranquilles, les mains jointes derrière le dos, l'esprit léger, papillonnant. Mais non, ils ne sont pas en paix, jamais, ils sont frappés d'acathésie. Ce mot savant signifie qu'ils sont incapables de rester assis ou immobiles : ils ressentent donc le besoin incessant de bouger ou de marcher, ce qui les épuise physiquement. De plus, ils cogitent sans discontinuer. Ils conversent avec leurs voix. Ils établissent des plans de batailles, élaborent des stratégies de survie, font des pactes avec leurs démons. Ils préparent leur défense, négocient leur libération… Ils serrent les poings et les mâchoires, stoïques et héroïques, comme s'ils se faisaient insulter à tout va en sourdine. Dehors, sous la belle lumière d'avril, d'autres patients arpentent la cour au pas de charge. Ils tournent en rond dans le patio, tels des prisonniers à l'heure étroite de la promenade. Ils vont, à grandes enjambées, poursuivis par leurs invisibles ou bien cavalant après des chimères. Micha me tire par la manche.

« Infirmière, pourquoi vous souriez pas comme d'habitude ? Vous avez un souci… »

Je fais non de la tête et esquisse un demi-sourire.

Je m'assieds parmi les patients, au salon où règne la télé, braillarde. Je me pose avec eux, les survivants de cette journée catastrophe. Ici, l'écran couleur ne cesse jamais de papoter, chuchoter, chantonner, vociférer, déverser un flot continu d'informations, de commentaires, d'anecdotes, de rires glauques. Il couvre la rumeur de toutes les voix intérieures. Je tente de rassembler les dernières images de Sophie. Tâche difficile dans ce brouhaha.

Je fixe l'écran sans le voir, sans essayer de mettre de l'ordre dans la gesticulation des personnages et le défilé des images. Je me sens anéantie, inutile et je cherche le visage de Sophie derrière le spectacle télévisé. Et puis je regarde les patients installés autour de moi. Monsieur B. me fixe avec insistance comme s'il me voyait pour la première fois. Henry semble persécuté, il m'épie. Louise et Bernadette m'ignorent. Mademoiselle J. se lève comme un robot et quitte le salon en jetant des regards suspicieux par-dessus son épaule.

Je souris à Violette, une dame de quatre-vingt-cinq ans qui déprimait sec dans sa maison de retraite. Elle voulait mourir, pensait qu'elle n'était qu'une charge pour ses enfants et petits-enfants. Par ce seul sourire, sans paroles, je tente de la rassurer. Non, personne ne lui fera de mal ici, elle est en sécurité, elle sera écoutée, elle obtiendra toujours des réponses à ses questions angoissées. Elle me rend mon sourire et me montre ses poils au menton. Je lui promets de l'épiler avant le dîner. Elle hoche la tête et jette un regard de noyée à sa montre.

Porter une blouse blanche dans une unité de soins psychiatriques, ce n'est pas seulement afficher une autorité ou un pouvoir, c'est s'exposer à tous les maux, se poser en référent des lieux, gardien du temple, ange de la guérison, missionnaire en sacerdoce.

À tout instant, il faut s'attendre à un bombardement de requêtes de divers calibres, le plus souvent loufoques, incongrues, ténébreuses. Il faut avoir toutes les clés, réponses et solutions. Il faut être plombier, mécanicien, buraliste, assistante sociale, couturière, esthéticienne, astrologue, teinturière, Miss Météo, cuisinier en chef, confesseur, sexologue, comique troupier, animateur de karaoké, médiateur, coiffeuse, électricien, serveuse, chauffeur de taxi, confesseur, standardiste… Il faut essuyer les angoisses d'untel, esquiver les injures de celui-là, repousser les menaces de cette autre, endiguer la colère, circonscrire les silences, écouter la douleur, faire rebrousser le chagrin, accompagner le questionnement, débusquer la détresse, résister au vide, au néant…

Oui, les demandes sont incessantes. Assenées sans hiérarchie, pêle-mêle. Jetées en vrac… Toujours urgentes, même s'il s'agit d'une paire de chaussettes ou d'un gant de toilette. Et il faut satisfaire le requérant à la seconde même. Car plus rien n'existe que cette demande qui est devenue le seul horizon, la ligne tendue qui fige l'instant dans une priorité absolue, quasi vitale.

Jamais un moment de vacuité pour les infirmières. Parfois, les patients s'agglutinent autour de vous. J'ai souvent l'impression d'être un pot de confiture attaqué par un essaim d'abeilles voraces. Celui-ci veut téléphoner pendant que l'autre exige sa sortie définitive ou la présence immédiate d'un médecin qui lèvera d'un coup de baguette magique son HO (hospitalisation d'office).

Et vous vous tenez droite sous la déflagration.

Je me lève...

Voilà, elles arrivent, les requêtes... Toutes d'un coup...

« Infirmière ! Ouvrez-moi la porte de la douche ! »

« J'étais là avant... Espèce de connard ! Je vais te casser la tête ! »

« Madame l'infirmière, j'ai une boule dans le cerveau. Je sens que ça va éclater... Faut que j'aille faire un scanner... »

Apaiser, rassurer, sentir, dérider, désamorcer, écouter, encore et encore...

« Madame, c'est à quelle heure le goûter ? »

« Je suis angoissé. J'ai besoin de parler tout de suite... »

« Infirmière, vous avez pas un stylo et une feuille de papier ? »

« Et le docteur a dit que j'avais droit d'aller à la salle des sports cet après-midi... Quoi ! Elle l'a pas marqué dans les consignes ? C'est une vraie salope ! Elle m'avait promis... »

« Gisèle, vous pouvez me prêter une paire de ciseaux... »

Et vous de jongler entre tous... Un sourire, une parole réconfortante, un hochement de tête entendu, un verre de jus d'orange, une paire de chaussettes, un tour de clé, un crayon à papier...

« Infirmière ! Pourquoi ma mère ne vient plus me voir ? »

« Infirmière, y a Richard qui fume du shit dans sa chambre ! »

« Gisèle, vous avez quel âge ? Vous êtes mariée ? Vous avez des enfants ? »

« Mademoiselle ! Ma voisine de chambre a voulu m'étrangler ! Je jure que c'est vrai ! Je lui ai rien fait ! Elle s'est jetée sur moi… Je veux changer de chambre tout de suite… Cette femme est folle… »

« Infirmière, il pue ! Pourquoi vous l'envoyez pas se laver ? »

« Ferme-la ! Hé ! Pédé ! »

Différer les demandes. Tenter de satisfaire chacun au nom du bien-être collectif, dans les limites du raisonnable et la cohérence des soins infirmiers. Gérer au mieux. Demeurer vigilant à tout instant. Ne jamais lâcher la barre.

Gronder parfois, hausser le ton comme au théâtre, froncer les sourcils et jouer à l'infirmière sévère pour rétablir la paix, se faire écouter, ramener le calme…

Qu'ils le veuillent ou non, les patients doivent vivre ensemble durant cette parenthèse hospitalière. Millionnaire et SDF, jeune et vieux, toxico et anorexique, agité, dépressif, persécuté, psychotique, névrosé, mégalo, maniaco-dépressif, délirant, psychopathe, schizophrène, dément, alcoolique, suicidaire, parano, borderline… Ils sont sommés de s'accommoder les uns des autres. Rassemblés là, le plus souvent contre leur volonté, pour se soigner ou approcher un semblant de guérison. Ils n'ont pas le choix, ils doivent se supporter mutuellement parce que à l'extérieur on ne les supporte plus. Et, effarés, ils observent ces autres, parasites, comme s'il s'agissait de leur propre reflet changeant, répété, dix, vingt, trente fois dans le miroir, telle une série d'anamorphoses.

Bien sûr, ils voient des morceaux d'eux-mêmes dans la folie des autres. Ils se reconnaissent dans les gestes désordonnés, les impatiences, les regards inquiets et inquisiteurs, les cris subits, les crises, les grands fracas de voix, les attitudes sans explication ni définition… Ils s'espionnent, se jaugent…

« Infirmière, est-ce que vous croyez que Monsieur S. est plus fou que moi ? »

« Eh ! Gisèle ! Dites-moi que je suis pas toquée comme Madame B. ? »

Dans cette microsociété de la marge, les patients font alliance et prêtent allégeance. Ils bâtissent des complicités, des sortes de fraternités hospitalières. On retrouve les meneurs, les soumis silencieux qui exécutent les ordres et filent doux, les ambivalents – ni oui ni non – qui dansent d'un pied sur l'autre, les simples observateurs, les désabusés, les fauteurs de troubles qui ont l'art de mettre le feu aux poudres, les manipulateurs, les sans-opinions fixes, prisonniers de leur psychose…

Aux beaux jours, ils se rassemblent par petits groupes sous les grands tilleuls du patio. Là, fumant, troquant des cigarettes, se passant des feuilles de tabac à rouler et faisant tourner un briquet jetable, ils se racontent, déballent les affres de leurs existences. Ils représentent toutes les couches de la société. Ici, les barrières sociales s'effondrent face à la maladie. Le clochard discute sans tabou avec le professeur d'université. Le procureur de la République s'entretient d'égal à égale avec la caissière de supermarché. Le pharmacien des quartiers chics prend note des conseils d'une jeune toxicomane sur une demande de levée de HO.

Souvent, ils ressassent et regimbent dans des conversations sans commencement ni fin, en attendant le goûter ou le dîner. Pour tuer le temps, ils arpentent le chemin qui les a menés là, à l'hôpital psychiatrique. Ils dénoncent les responsables de leur déchéance, gens de l'extérieur, parent, frère, sœur, mari, épouse, amant envolé et ami traître qui ont signé l'HDT. Ils critiquent le système arbitraire, les hommes politiques mafieux, le préfet complice de la clique des médecins qui les ont fait enfermer sous HO… Tous vendus…

Les inévitables victimes d'un complot – au niveau du voisinage ou à l'échelle mondiale – tentent de rallier à leur cause d'autres patients qui opinent, laconiques, et se grattent la tête, plutôt intéressés par deux ou trois cigarettes gratis que par la montagne éboulée des preuves abracadabrantes de la plus grande conspiration du siècle.

Certains forment des couples surprenants, toxiques ou mortifères. On les surprend enlacés sur une couche, enfermés dans des toilettes, cachés derrière un arbre, corps imbriqués. De très jeunes filles hospitalisées pour une anorexie, une dépression, une schizophrénie s'amourachent de vieux patients pervers, toxicomanes, psychopathes. Et l'équipe soignante aura beau faire et dire pour les préserver, elles n'écouteront rien d'autre que le discours décousu de leur Romeo…

Parfois, un patient évoque avec angoisse les gens de l'intérieur : ces créatures qui l'habitent et le dévorent tout à la fois et lui emplissent la tête de paroles… Il dit que ça le terrifie et qu'il pourrait se suicider pour échapper à cette tyrannie. Il murmure que sa vie est un désastre… Autour, les autres se renfrognent, sombrent soudain dans le silence. Chacun plonge dans son histoire, est aspiré par ses fantômes, tétanisé par les voix du dedans. Oui, ils savent trop bien de quoi il est question. Ils en ont plus qu'assez avec leurs propres squatteurs pour écouter le lamento d'un pauvre loustic qui n'a pas encore compris que… « Ben oui, c'est pour la vie, faudra apprendre à faire avec… » Alors ils allument une nouvelle cigarette et s'emplissent les poumons de fumée. Ils toussent gras et crachent vert, et s'extraient du cercle en fixant simplement le bout incandescent de leur tige. Immobiles, ils regardent tomber la cendre. On dirait que le mégot est un prolongement de leur être, une sorte d'excroissance. On se dit que lorsque le tabac sera entièrement consumé, ce sera leurs doigts, puis leurs bras, puis tout leur corps qui tomberont en cendres sur les dalles noires et blanches du patio.

« Infirmière, vous savez qui a remporté le tour de France en 1977 ? »

« Infirmière, vous faites une partie de petits chevaux avec nous… »

« Mademoiselle Gisèle ! C'est bien vous que j'ai vue à la télé hier soir… Vous êtes infirmière ou écrivaine ? »

« T'es con, toi ! C'est tes visions… »

« Alors, infirmière ! On la fait, cette partie de petits chevaux ? »

Sophie aimait bien jouer aux petits chevaux, au Mikado, au Scrabble aussi…

« Madame l'infirmière ! Venez vite ! Justin fait sa crise dans le patio. »

J'accours, la blouse au vent. Noémie me suit de près.

Justin est hospitalisé depuis une semaine. Il a décrit son mal. « Un ectoplasme m'habite et il contrôle mes gestes. Il m'oblige à me frapper. À me cogner la tête contre les murs. À lancer mon corps contre les murs. Il veut que je me coupe le sexe. Il dirige mes pensées. J'ai peur de passer à l'acte… »

Justin est allongé sur le sol jonché de mégots de cigarettes. Il semble avoir repris le contrôle.

« Il a recommencé », me lance-t-il.

J'ai déjà eu l'occasion de discuter avec Justin de ces manifestations.

« Qui est ce *il*, Justin ?

– Ben, vous savez : l'ectoplasme… Je veux bien croire que ce n'est pas la réalité, que je ne suis pas habité réellement. Mais c'est vraiment ce que je ressens… Il m'oblige à me frapper, à tomber… Je ne décide de rien…

– C'est votre maladie, Justin. Est-ce que vous vous êtes fait mal ? Pouvez-vous vous relever ? Un peu de patience, le nouveau médicament va bientôt commencer à faire son effet… Et puis… Faut vous dire que c'est vous qui le fabriquez, celui-là…

– Ah bon, vous croyez ! »

Je hoche la tête.

Ce matin, le psychiatre a longuement reçu Justin en entretien et a remanié son traitement. Il l'a mis sous Largactil, disant qu'on n'avait rien inventé de mieux que ces bonnes vieilles molécules d'antan pour combattre les ectoplasmes et les fantômes.

Sur le chemin de l'hôpital

Ils sont huit ou neuf. Un genre de tribunal. Ils me toisent. Une dame à chignon me demande si je me sens capable de m'occuper de malades mentaux. Je n'en ai aucune idée. À vingt ans, on ne se pose pas ce genre de question. Je sais que, jusqu'alors, j'envisageais de faire carrière dans le monde des lettres.

Je pense à Lila. Est-ce qu'elle aurait pu avoir sa place parmi les grands fous ? Lila est-elle atteinte au point d'être enfermée ? Ses brusques changements d'humeur, ses cris, sa nervosité sont-ils les symptômes d'une maladie dont j'ignore le nom ? À quel moment décide-t-on d'enfermer les gens dans un hôpital psychiatrique ? Quand ils perturbent l'ordre public… Lorsqu'ils deviennent dangereux pour eux-mêmes et leur entourage…

Dans le bus, en venant, Francky m'a dit qu'il voulait devenir infirmier psychiatrique parce que c'était facile de s'occuper des fous. Voilà des mois qu'il se préparait. Il avait passé l'écrit avec succès ; l'oral n'était – selon lui – qu'une formalité.

« Tu sais, j'en ai vraiment marre d'être brancardier. C'est usant ! Mon cousin vient d'avoir son diplôme d'infirmier psy : c'est génial comme boulot… Y a pas trop de sang… Faut juste surveiller les malades… Paraît qu'il y en a toujours un qui veut se pendre… Mais tu passes pas ton temps à faire des prises de sang, des piqûres et des pansements… C'est relax… Des fois, ils se battent entre eux… Faut juste les séparer avant qu'ils s'entre-tuent. Y en a aussi qui crient ou pleurent toute la journée ou qui se cognent la tête contre les murs ou se balancent pendant des heures… C'est ça, la folie… Je te jure, tu vois de tout : des tarés, des rigolos, des bonnes dames qui ont perdu la parole, des vieux qui retombent en enfance, d'autres qui entendent des voix et se prennent pour le Messie, des imbéciles heureux qui voient la vie en rose, des gens qui refusent de sortir de leur lit et qu'on dit déprimés, des types vachement dangereux qui pensent qu'à éborgner, violer et trucider des femmes… »

Je l'ai interrompu, lui disant que je détestais les hôpitaux et qu'il était fou lui-même d'aller se perdre dans ce monde infernal. Et je me suis mise à rire.

Les mots ont toujours eu une propension à former des flots d'images dans mon esprit. Tandis que Francky déblatérait, je voyais défiler des membres de ma famille. Ils s'avançaient, les uns après les autres, comme convoqués...

Derrière la vitre du bus, des piétons pressés grouillaient sur le trottoir. On aurait dit des petits pantins sans direction.

Francky avait dit : « Des types dangereux qui ne pensent qu'à éborgner, violer, trucider des femmes... » Et la figure tavelée de mon grand-père paternel m'était aussitôt apparue. On l'appelait le « bourreau » tant il était cruel avec ma grand-mère, décidé à la tuer pour de bon, à lui faire voir chaque jour le visage de la mort... Ah ! Ça oui, il la battait ! Dans la famille, on le disait fou. Tous les voisins étaient du même avis. Cependant, personne ne songea jamais à le faire enfermer ni à l'asile des aliénés ni à la geôle de Basse-Terre. On racontait que c'était la guerre des tranchées qui l'avait rendu fou. Là-bas, il avait respiré des gaz toxiques et vu trop de morts. Il avait ramené des cauchemars qui ruinaient ses nuits, des visions indélébiles de ses camarades estropiés, explosés, défigurés... Je l'avais croisé une fois sur le marché de Capesterre. J'avais quatorze ans. Le « bourreau » portait un costume noir sur une chemise blanche amidonnée, des souliers bien cirés. Toutes les médailles rapportées de la Première Guerre mondiale étaient épinglées sur le devant de sa veste. C'était un héros de la France et il était effrayant de laideur. Je m'étais cachée pour ne pas avoir à poser ma bouche sur ses vieilles joues épineuses.

Francky avait dit : « Des bonnes dames qui ont perdu la parole... » Et j'étais allée chercher au fin fond de ma mémoire le souvenir de ma tante maternelle morte – disait-on – d'un incommensurable chagrin d'amour à l'âge de vingt-sept ans... En effet, après le décès prématuré de son jeune époux, ma tante Gisèle n'avait plus jamais été la même. Mère de trois petits orphelins, elle n'avait plus eu la force de s'en occuper. La légende familiale disait que Gisèle s'était laissée mourir de chagrin pour s'en aller rejoindre l'amour de sa vie dans l'au-delà, et plus exactement au ciel. Au retour de l'enterrement, elle se laissa choir sur une berceuse et se mit à se balancer tranquillement, les yeux secs et les mains jointes sur les cuisses. À compter de ce jour, elle cessa de boire, de manger, de causer. Chagrin d'amour dure toute la vie... Mais cette version de l'histoire s'était effacée et les nouvelles générations évoquaient maintenant un renoncement pathologique à la vie, une sorte de suicide.

Francky avait dit : « Des gens qui refusent de sortir de leur lit et qu'on dit déprimés... » Et j'avais reconnu ma grand-mère. Un jour, durant son exil en France, Julia refusa de se lever de sa couche et entama une grève de la faim. Elle déclara qu'elle voulait retourner en Guadeloupe, par n'importe quel moyen, à cheval, à bicyclette, par bateau, avion, sur les ailes d'un oiseau, en rêve, transportée par des fourmis et même les pieds devant dans un cercueil de bois blanc... En écoutant ce discours créole traduit en français, le médecin de l'époque diagnostiqua une dépression et prescrivit des cachets de trois couleurs. Mais pour nous, ses petits-enfants, notre grand-mère faisait de la résistance. Qui était dans le vrai ? Durant deux semaines, Julia avala les comprimés et garda le lit. Elle se leva d'un bond le jour où on lui annonça la date de son retour au pays. Est-ce que le traitement avait eu le temps de la guérir ou bien était-ce la bonne nouvelle seule qui l'avait remise à la verticale ?

« Pourquoi avez-vous choisi cette voie ? Ce n'est pas facile, la psychiatrie… »

Le monsieur qui m'interroge triture son stylo à bille.

Je ne me laisse pas démonter… Avec aplomb, je réponds que je me sens capable de m'occuper de personnes souffrant de troubles mentaux et que je suis prête à apprendre mon métier à l'école d'infirmières. Je déclare que j'ai toujours voulu être infirmière… Je me suis d'ailleurs longuement occupée de ma grand-mère clouée au lit…

J'ai oublié les autres questions, les autres réponses. Je n'ai guère de souvenirs de cet oral. Je me souviens seulement de la tête de Francky quand je suis sortie de la salle. Il avait l'air ahuri, sonné, tellement étonné de ma pirouette.

Je me rappelle ses mots : « Me dis pas que tu as passé l'oral…

– Je ne te voyais pas revenir. Où tu étais ?

– Dans l'autre salle. Alors, tu as vraiment passé l'oral ! T'avais apporté tes papiers ? Tes diplômes ? Je croyais que tu détestais l'hôpital… Toi alors, je te laisse cinq minutes et tu vends ta mère. Et le plus beau, c'est que t'es bien fichue d'être reçue…

– Je te jure, j'ai pas réfléchi… Je sais pas ce qui m'a pris… C'était pour rire, pour tuer le temps, je sais pas… Je cogitais… »

Francky me regardait soudain avec méfiance et dégoût, la lèvre inférieure pendante, molle. L'air de quelqu'un qui découvre que sa sœur est une extra-terrestre. Il semblait aussi déçu, peut-être de m'avoir accordé son amitié.

C'était la première fois de ma vie que je me voyais d'un coup descendre d'un cran dans l'estime de quelqu'un.

Nous sommes retournés à Nanterre sans échanger plus de vingt mots.

Quelques semaines plus tard, les résultats tombaient.

J'étais reçue et Francky recalé.

Je me suis sentie à la fois minable et honteuse, mais soudainement libérée de mon angoisse face à l'avenir.

Sans faire le moindre effort, comme si j'avais été une marionnette manœuvrée par une puissance supérieure, j'avais suivi Francky dans cet hôpital. Je m'étais assise dans la salle d'attente. Avec un aplomb certain, j'avais déclaré que j'étais venue passer l'oral. J'avais poussé la bonne porte et donné les bonnes réponses aux questions posées… Et j'avais été admise.

Mais comme une amie fourbe, j'avais volé son rêve à Francky.

En fait, son rêve était devenu ma réalité.

Je ne sais pas s'il m'en a vraiment voulu.

On n'a plus jamais parlé de cette histoire.

Au mois d'août, Francky est parti en vacances en Guadeloupe. Peu de temps après son arrivée, il a été victime d'un accident de la route. Éjecté par la vitre arrière, en une fraction de seconde il a perdu l'usage de ses jambes.

Il avait vingt-deux ans.

Après l'accident, il a vécu vingt-cinq ans avant de mourir d'une embolie pulmonaire.

Suis-je arrivée là par hasard, à l'hôpital psychiatrique ?

Trente ans déjà…

Francky et moi l'ignorions à l'époque, mais je sais aujourd'hui qu'il a été mon guide sur le chemin de l'hôpital. J'étais perdue et il m'a ouvert la route, en éclaireur.

Les petites tempêtes, les petits riens

Gérer les urgences fait partie du quotidien.

Au fil des ans, j'ai appris qu'une équipe ne doit pas se focaliser tout entière sur un seul patient, un seul point de l'unité de soins. En effet, du même coup, on délaisse tous les autres malades, toutes les autres scènes. Facile à dire. Difficile à appliquer dans la réalité.

Parfois, quand l'usure gagne, on est tenté de penser que la plupart des personnes hospitalisées sont des figurants plantés dans un décor de théâtre où règnent quelques « gros cas d'école ». Il faut le savoir, à tout moment, chacun peut tenir le rôle principal, être le héros du jour. Oui, en un instant, tout peut basculer et il n'est pas rare de voir les seconds rôles prendre leur revanche, voler la vedette aux stars…

Une bagarre démarre dans la cour. On garde un œil sur les autres patients et on appelle du renfort. Ça dégénère. Déjà trois blessés plus ou moins graves. On veille sur les autres patients. On les tient à l'écart des mauvais coups. On les rassure. Ceux-là peuvent être angoissés, terrorisés…

Un patient tente de se pendre ou de s'étrangler avec les moyens du bord : un pantalon de pyjama, le cordon électrique de son poste de radio, un bas, un ceinturon, des lacets mis bout à bout… Ne pas hurler dans les couloirs, garder ses cris, sa colère, sa terreur et ses larmes à l'intérieur… Éloigner les autres, distribuer le goûter comme d'habitude, à quatre heures, ouvrir le self à sept heures, comme tous les autres jours…

Pour la énième fois, Madame Ginette a avalé un morceau de viande de travers. Elle s'étouffe. Ses lèvres virent au bleu, ses yeux sont révulsés… La sauver en pratiquant la méthode de Heimlich. Mais, en même temps, s'inquiéter de la jeune patiente – Estelle ou Denise ou Carole – qui ne s'est pas présentée au dîner. Quelqu'un – un élève infirmier – a dit qu'elle dormait. Alors tout le monde la croit endormie, se reposant tranquillement. En fait, pendant qu'on se congratule parce qu'on a sauvé Madame Ginette, la jeune demoiselle se tranche les veines dans son lit. Elle se vide de son sang en silence. Elle est en train de mourir à l'hôpital. Et personne ne l'entend partir.

Il se passe toujours quelque chose dans un service de psychiatrie…

Assis en tailleur sur son lit, Richard fume du shit jusqu'à se déchirer la tête. Son voisin de chambre l'a dénoncé aux infirmières. On doit rappliquer dare-dare pour lui rappeler le règlement intérieur. « Ouais, je sais, j'ai oublié... Ouais, j'ai entendu, lâchez-moi un peu... »

Mademoiselle R. est sortie en ville et a rapporté du vin rouge dans une bouteille de Coca-Cola. Son haleine est alcoolisée. On lui fait l'alcootest – prescrit par son psychiatre en cas de suspicion. Positif + + +. On procède à la fouille de son cabas. « Vous n'avez pas le droit ! C'est du Coca ! Je vais porter plainte contre vous ! Sale négresse, pour qui tu te prends... » Cris, injures et tutti quanti... Je connais la chanson.

Et Monsieur B., sur l'injonction de sa voix intérieure, s'est planté une fourchette dans la main... Il faut appeler le psychiatre de garde. Monsieur B. est très angoissé. On lui fait un pansement. Il a besoin de parler. Besoin de notre présence. Besoin de notre écoute empathique...

Toujours penser à ces patients qui deviennent transparents, finissent par se fondre dans le décor, se diluer dans le groupe.

Toujours s'inquiéter d'untel qui ne réclame rien et s'efface derrière ceux qui donnent de la voix.

Toujours accorder une écoute à ceux qui se font oublier, qui ne posent pas de problème...

Si l'on croit que la vie croupit et macère ici, il n'en est rien.

Tout est concentré, exacerbé, amplifié, exploité, recyclé.

Ici, tout enfle et sature et déborde.

Tout ici imprègne et dégorge et déteint et rebondit sur les uns et les autres.

Est-ce que le comportement de Sophie avait changé ces derniers jours ?

Non.

Chaque journée d'une infirmière en psychiatrie est le contenu d'une pochette-surprise. Nul ne sait de quoi elle sera faite. On s'attend toujours à quelque chose : au pire comme au meilleur, à l'extraordinaire, au stupéfiant, au spectaculaire, à l'incroyable. L'imprévu et l'inédit se présentent à tour de rôle au milieu des rires et larmes, grands soupirs et ressassements.

Et il faut faire preuve d'humilité en ces lieux, accepter d'emblée l'idée qu'on aura beau envisager tous les cas de figure, toutes les échappatoires, il se trouvera toujours une issue qu'on n'aura pas imaginée.

Car, ici, le temps se solidifie ou se désagrège sans prévision.

Ici, les heures s'épuisent en doutes et s'interrogent.

Ici, midi est un coup de tonnerre, une chanson d'amour, l'heure de la pendaison.

Ici, le repos est un trou noir, une béance qui coasse, le rire soyeux d'une femme indienne.

Ici, la nuit est une bacchanale, une brèche dans le néant, le baiser de la mort.

Ici, l'attente est une pierre dure dans la gorge, un piétinement incessant, un cheval sauvage lancé au galop dans la tête.

Ici, le silence est une menace, une mise en garde, le calme avant la tempête.

Sophie était-elle parvenue à se faire oublier ?

Est-ce qu'on avait cessé de la voir ?

L'avait-on rangée dans le tiroir des patients chroniques sans histoires ?

Elle sortait tous les après-midi. Rentrait à l'heure du dîner.

Sophie a-t-elle prémédité son passage à l'acte ?

S'agit-il d'un raptus suicidaire ou bien d'une décision réfléchie ?

Qui peut répondre à cette question ?

Sophie n'a pas laissé de lettre. Elle ne s'est confiée à personne.

Elle avait promis à Gabrielle de lui rapporter des cigarettes.

Apparemment débarrassé de son ectoplasme, Justin dispute maintenant une partie de Scrabble avec trois autres patients : Henry, Mademoiselle J. et Richard. Les quatre ont entre vingt-trois et trente-cinq ans. Tous sont considérés comme schizophrènes. La maladie a surgi dans leurs vies de manière intempestive. Longtemps, elle est demeurée en tapinois, latente. « Si on avait su, se désolent les parents, on aurait prêté plus d'attention à tous ces petits signes annonciateurs, ces petites tempêtes, ces petits riens. On aurait peut-être pu empêcher le mal de progresser. Si on n'avait pas été aveugles… »

Mademoiselle J. était étudiante en sociologie quand elle a commencé à croire qu'elle appartenait à un groupe d'élus dispersés sur la planète. Selon elle, ces gens – choisis de manière arbitraire par un Dieu intergalactique – auraient le pouvoir de communiquer à distance par télépathie. Le monde était en danger… Eux seuls étaient en mesure de le sauver… On les avait chargés d'une mission. Un jour, Mademoiselle J. a jeté sa télé par la fenêtre de sa chambre perchée au sixième étage de la résidence universitaire. Son entourage a mis ce geste sur le compte du surmenage. Mais Mademoiselle J. s'est confiée à une amie, lui a parlé de la mission. Et tout s'est précipité par le bouche à oreille. C'est ainsi que Mademoiselle J. s'est retrouvée en HDT à l'hôpital psychiatrique, contrainte de se soigner, obligée de considérer cette histoire de mission comme un délire.

Jusqu'à ses onze ans, Richard était l'enfant chéri de ses parents. Issu d'une famille bourgeoise, benjamin d'une fratrie de trois fils, il est décrit par ses professeurs comme un élève rêveur et moyen, peu investi, qu'il faut soutenir sur le plan scolaire. Richard a échoué trois fois au bac. Ne savait pas quoi faire. N'avait envie de rien. A commencé à fumer de l'herbe avec des petits voisins, en cachette. Aimait bien la poterie. Voulait peut-être en faire son métier. Les parents lui ont payé des stages fort onéreux auprès d'un fameux artisan du Luberon. Richard n'a pas tenu un mois. Ensuite, il s'est mis en tête de faire du cinéma. Sa mère lui a trouvé une école privée... Échec sur toute la ligne. Retour à la maison. Enfermé dans sa chambre avec un grand couteau planqué sous son oreiller. Richard a voulu tuer son père.

Quant à Henry, il est arrivé à l'hôpital en HO après avoir arraché tous les fils électriques de son appartement. Selon lui, des gens étaient en train de l'espionner en permanence. Il soupçonnait notamment son voisin du dessus de calquer sa vie sur la sienne. De se brosser les dents ou de passer l'aspirateur en même temps que lui. De déambuler dans l'appartement aux mêmes heures. Un soir, Richard a frappé à la porte du dessus et a tenté d'égorger le voisin persécuteur. Après six mois de traitement antipsychotique et d'hospitalisation, Henry est toujours persuadé que des micros et des caméras sont installés à son domicile. Le sujet est sensible. Dès qu'on gratte un peu, le délire bourgeonne. Quand il obtiendra sa sortie définitive, Henry envisage de déménager au plus vite, d'émigrer très loin, dans un arrondissement de Paris où il ne sera pas harcelé ni espionné par ses voisins.

Pour la dixième fois dans l'après-midi, Jeannette vient m'annoncer qu'elle va retrouver sa mère.

« Mais qu'est-ce que je fais ici ? Je dois aller au-devant de ma petite maman. »

Jeannette regarde sa montre avec une pointe d'agacement. « Vous vous rendez compte ! Elle m'attend depuis au moins deux heures déjà. Voilà des jours qu'on a décidé d'aller au Bazar de l'Hôtel de Ville aujourd'hui… On a l'habitude de faire nos courses ensemble tous les mercredis… »

Jeannette me dévisage. Au fond de ses yeux bleus, il y a des éclairs inquiets, les signes avant-coureurs d'une colère orageuse. Elle me toise.

« Madame, excusez-moi de vous déranger, mais on m'a dit que c'est vous qui avez les clés… Qu'est-ce que vous attendez pour ouvrir la porte ? »

Je cherche une échappatoire. À mon tour, je fixe le cadran de ma montre. Je souris à Jeannette. Je feins la surprise.

« Oh ! Bientôt quatre heures ! L'heure du goûter ! »

Jeannette me rend mon sourire.

« Qu'est-ce qu'il y a au goûter, madame ? »

Sur le ton de la confidence, je réponds : « Cet après-midi, je crois que nous avons un délicieux flan au caramel, un paquet de petits Lu et un jus d'orange… »

Avec des mimiques de gamine, Jeannette me dit qu'elle va chercher son gobelet dans sa chambre pour son jus d'orange de quatre heures.

Ouf ! Elle a oublié sa mère, jusqu'à la prochaine fois… La pauvre femme est morte et enterrée depuis plus de trente ans.

Ordinairement, Jeannette vit dans une maison de retraite. De temps en temps, elle devient agressive et terrorise le personnel qui a du mal à prendre en charge ce genre de débordement.

Jeannette revient régulièrement à l'hôpital, pour de courts séjours. Nous la connaissons bien. Nous savons comment l'aborder, la distraire de ses lubies, endiguer ses montées d'angoisse, ses vagues de colère.

Jeannette a soixante-dix-huit ans. Ne s'est jamais mariée. N'a pas eu d'enfant. Elle a vécu toute sa vie avec sa mère…

Noémie me fait signe que la surveillante est en ligne. Elle pose des questions. Le ton est sec.

« Mademoiselle Sophie R. était-elle autorisée à sortir ?

– Oui, autorisation signifiée sur le dossier de soins dans les consignes médicales rédigées par son psychiatre.

– Avez-vous remarqué un changement quelconque dans son comportement ?

– Non, elle était comme d'habitude.

– Quelles sont les observations infirmières inscrites sur le dossier de soins ? »

Je lis : *Mademoiselle Sophie R. est calme et adaptée dans le service. Bon contact avec les autres patients et les soignants. Pas de demandes particulières.*

« A-t-elle pris son traitement du matin et du midi ?

– Oui.

– A-t-elle laissé une lettre, un mot quelconque ?

– On n'a rien vu. Mais nous n'avons pas fouillé. Nous n'avons touché à rien.

– Bon, je rappelle si j'ai besoin d'autres informations… »

Je raccroche. Noémie se ronge un ongle en regardant par la fenêtre. Jeannette gratte à la porte du bureau infirmier.

« Madame, je ne veux pas abuser de votre temps, mais je dois aller retrouver ma mère qui m'attend au BHV… »

Jeannette semble à bout de patience.

« Infirmière, il est déjà quatre heures cinq ! Vous ne donnez pas le goûter aujourd'hui ? » C'est Karima. Celle-là ne tolère aucun retard dans les horaires.

Je souris à Jeannette. Elle semble absente tout d'un coup. Me tend la main.

« Alors, on y va, madame… Je suis pas la seule à vous réclamer le goûter… Je vais pas mendier quand même… »

Je lui prends le bras. Elle est toute frêle à mes côtés. Nous marchons à petits pas.

Parfois, je me dis que je ferais mieux d'aller travailler dans une maison de retraite. Je serais plus tranquille, moins stressée. Je serais entourée de vieilles personnes, de vieux corps marqués par les ans. Je demanderais à tous ces gens de me raconter leur vie comme le faisait ma grand-mère, comme l'a fait Lila. Les hommes se sentiraient reverdir en me parlant de leurs conquêtes d'antan et les femmes rougiraient en évoquant leurs amourettes un brin surannées. Je passerais mon temps à rêver en changeant leurs couches.

Pendant que je les laverais, les habillerais et leur donnerais à manger des repas mixés pour édentés, je leur proposerais de réveiller les souvenirs heureux du temps de leur jeunesse…

L'heure du goûter

Je vais distribuer le goûter et sourire et rassurer mes patients et faire comme si ce jour était un jour ordinaire, où tout le monde croit que je suis cette infirmière qui vient d'une île souriante du Paradis terrestre. Non, je ne vais pas faire une tête d'enterrement parce que Sophie est morte en début d'après-midi.

Je vais m'occuper des survivants, de ceux qui restent et qui continuent de lutter contre la maladie, ceux qui se débattent et endurent en serrant les dents, ceux qui déambulent sans fin du matin au soir, ceux qui pleurent à l'intérieur, ceux qui rient sans savoir pourquoi, ceux qui n'en peuvent plus de se boucher les oreilles, ceux qui vivent avec les monstres et les ancêtres revanchards, ceux qui trinquent à leur propre malheur…

Non, je ne vais pas ajouter de l'angoisse à la pesanteur ambiante. Je vais chasser une à une les terribles images qui m'assaillent. L'horreur. Le sang inondant la station, noyant les voyageurs, le sang de Sophie dégueulé de la bouche du métro. Je vais écarter ces visions de décapitation, membres sectionnés, chair éclatée…

Je vais me réfugier dans le gentil rituel du goûter comme dans une niche sûre et sucrée, à l'abri des violences du monde. Ils sont là, alignés devant la porte close de la kitchenette. Chacun tient son gobelet à la main, sage. Il est quatre heures sept. Je suis en retard. Ils sont impatients mais n'ont pas l'air de m'en vouloir. On se croirait à l'école maternelle face à de grands enfants dociles, pas vraiment affamés, juste enfermés dans le timing d'une journée type à l'hôpital psychiatrique.

Je distribue les biscuits, les flans au caramel et le jus d'orange. Selon les jours, je me comporte comme une hôtesse de l'air sélect, une serveuse de cafétéria pressée, une dame de cantine blasée, une maman créole nourricière.

Je connais les gestes par cœur pour les avoir répétés durant toutes ces années. Moi aussi je suis sans doute un peu ritualisée. Trente ans d'hôpital psychiatrique, ça marque bien quelque part. Trente ans à fréquenter de si près la folie, la violence, le désespoir aussi. Trente ans au bord des gouffres, au pied des montagnes de douleur, au chevet des corps morcelés. Trente ans à regarder la folie aller et venir, jouer au chat et à la souris, tromper son monde, faire semblant de disparaître, resurgir comme un lapin d'un chapeau claque, se cristalliser, s'endormir, se réveiller, revenir en force, enragée et brûlante, volcanique et superbe comme aux premiers jours.

Je distribue les goûters chaque après-midi entre quatre heures et quatre heures trente, qu'il y ait cinq ou six patients bipolaires excités au même moment, deux grands schizophrènes en plein délire enfermés à clé dans les deux chambres de soins intensifs et qui hurlent – chacun de leur côté –, tambourinent à leurs portes, menacent de tout casser, de trucider les infirmières, particulièrement la négresse qui passe fièrement dans le couloir.

Parfois, pendant la distribution, la tension est palpable, l'air est comme chargé de gaz inflammable et il suffirait d'un rien pour que tout explose. Les patients se cherchent des noises, trépignent d'une rage contenue. Les regards qui s'échangent sont à l'orage. Les jurons fusent à mi-voix telles des flèches bien effilées. Certains se retranchent dans leurs chambres, fuyant la tempête annoncée. D'autres errent dans les couloirs, à l'affût d'une promesse d'animation : bagarre, crise clastique, intervention musclée du personnel soignant masculin. Dans ces moments-là, si on m'insulte, j'encaisse. Je fais le dos rond. Je veux éviter d'avoir recours aux renforts. Je n'alimente pas le délire. Je ne l'ignore pas non plus. Je l'entends qui se déploie et enfle. Je hoche la tête. Je montre que je suis attentive. Je saupoudre quelques paroles apaisantes. Je suis une professionnelle de la santé, je ne dois pas me laisser dominer par mes émotions. Je fais face à la situation. C'est mon job. Je sais que tous ces gens sont des malades mentaux qui perdent le contrôle d'eux-mêmes, sont prisonniers de leur pathologie, subissent plus souvent qu'ils n'agissent.

Je ne veux pas minorer la souffrance qu'ils endurent à porter chaque jour – chaque heure – cette maladie comme une seconde peau, une casaque rêche terriblement étouffante, invalidante, dont la toile est cousue dans leur chair. Je sais aussi qu'ici le vent tourne très vite. Ceux qui me voient lundi pareille à une terrible sorcière noire, une sorte de prêtresse vaudou, seront mardi ou mercredi des patients apaisés par de bonnes molécules et qui ne se souviendront peut-être même plus d'avoir tenu de tels propos, me regarderont comme si j'étais une bonne âme descendue du ciel. J'attends que le vent tombe.

Aujourd'hui, tout est calme. Je songe à Sophie et j'attends les policiers tout en servant le jus d'orange. J'imagine la tête des policiers. Combien seront-ils ?

« Infirmière, vous pouvez me donner une pomme à la place du flan ? J'aime pas le goût du caramel…

– Désolée, on n'a pas de pommes ici, Richard.

– Et là ? »

Il montre la pomme verte déposée sur la table.

« C'est la pomme de Noémie. Je vais quand même pas vous donner la pomme qu'elle a rapportée de chez elle.

– J'aime pas le caramel. Qu'est-ce que je fais ?

– Prenez seulement le jus d'orange et les biscuits. Ce soir, il y a un bon dîner… Vous vous rattraperez. »

Richard me dévisage longuement, fixe la pomme. Son regard est vide. Derrière lui, la file d'attente commence à ronchonner.

« S'il vous plaît, Richard, vous voulez bien laisser la place aux autres…

– Si je vais lui demander, vous croyez qu'elle pourrait me donner sa pomme ? Elle est où, Noémie ?

– Dans le bureau des infirmières. »

Richard s'éloigne en renversant maladroitement la moitié de son gobelet de jus d'orange.

C'est au tour de Gabrielle.

« Gisèle, je peux avoir deux paquets de petits Lu ?

– Désolée, Gabrielle. C'est compté : un par personne.

– J'ai faim. Vous me donnez le flan de Richard.

– Attendez que tout le monde soit passé. Je vous le donnerai à la fin… »

Gabrielle me toise. Elle ronge son frein.

« Bon, je vais demander à Richard de récupérer son flan.

– Comme vous voulez…

– Au fait, elle est pas encore revenue, Sophie. Je lui avais dit de m'apporter mes clopes avant le goûter. Elle fait chier, celle-là… »

Je distribue aussi les médicaments depuis trente ans. C'est pratiquement le même scénario, la longue file d'attente mouvante devant la pharmacie. Évidemment, il n'y a pas le même entrain de la part des patients. Les gobelets ne contiennent pas un doux breuvage, mais une potion amère qu'il faut avaler avec des comprimés aux noms barbares. Je suis garante de la bonne prise des médicaments. En suivant à la lettre la prescription médicale, j'ai moi-même préparé les différents cocktails psychotropes à base d'antipsychotiques, neuroleptiques, benzodiazépines, anxiolytiques, thymorégulateurs, hypnotiques, antidépresseurs, sédatifs…

La distribution des médicaments se fait habituellement aux trois repas. C'est le passage obligé avant de se rendre au self et donc de pouvoir manger, se nourrir, se remplir, se gaver, se consoler avec la nourriture. Dans les autres hôpitaux, dans les services de néphrologie, chirurgie, cardiologie, pneumologie, etc., les infirmières apportent les médicaments aux patients alités. En psychiatrie, c'est eux qui se déplacent vers la pharmacie. Un soignant fait le tour des chambres et sollicite les patients qui bientôt constitueront une longue file d'attente et de rancœur et de résignation et de tension dans le couloir.

C'est un moment toujours délicat. Les regards en disent long. Les corps parlent à tort et à travers. Les gestes font des révélations troublantes.

La plupart acceptent leur médication sans broncher, même si, au fond, ils ne sont guère convaincus de l'efficacité du traitement et se présentent à la pharmacie, rétifs, traînant les pieds et tirant la tronche. Ils avalent d'un trait le cocktail amer et me gratifient d'un regard vide ou méfiant.

Quelques-uns, contestataires routiniers, reposent chaque fois les mêmes questions, comme par principe…

« Comment s'appelle ce cachet jaune ? »

« Pourquoi je suis obligé de prendre toutes ces drogues qui m'abrutissent ? »

« Et si je refuse d'avaler tout ça ? »

D'autres font systématiquement les mêmes commentaires…

« On dirait qu'il y a plus de gouttes que d'habitude ! »

« Vous êtes sûre que c'est mon médicament, je reconnais pas ce comprimé… »

« Vous m'empoisonnez à petit feu ! »

« Je vais demander au médecin de baisser les doses, je suis constipé à cause de vos trucs… »

Certains, bien connus, improvisent dans la dissimulation et la prestidigitation. Un comprimé glisse dans la manche ou bien reste coincé entre le majeur et l'annulaire. Une gélule finit sa course dans une poche, un foulard, un mouchoir. Ceux-là toussent, passent la main dans leurs cheveux, tentent de vous distraire par des histoires drôles… Je me souviens d'une patiente qui parvenait à planquer ses cachets sous son dentier. Je lui demandais d'ouvrir la bouche comme un hippopotame. Elle riait à gorge déployée, disant : « La confiance règne, ma belle ! Pourquoi tu demandes pas ça aux autres ? Ah ! C'est vrai, je me suis même pas rendu compte que je n'ai pas avalé ce petit cachet de rien du tout… Le pauvre, il veut même pas descendre. Allez ! Donne-moi un coup de flotte que je te l'expédie au fin fond de l'Amazonie ! »

Et puis, il y a les recracheurs qui font semblant d'avaler mais gardent la potion dans la bouche et se précipitent aux toilettes. Enfin, les régurgiteurs et les vomisseurs qui déglutissent devant les infirmiers et puis, à l'abri des regards, s'enfoncent les doigts dans la gorge pour se débarrasser des substances chimiques.

Devant les piluliers, on repère aussitôt qui n'est pas rentré de permission, qui ne s'est pas présenté, qui tente de passer au travers du maillage des soins psychiatriques, qui se fait oublier…

Je me souviens de Sophie. Elle n'a jamais accepté ces fameuses gouttes et ces comprimés. Quand elle ne gisait pas au fond de son lit, elle rejoignait parfois la compagnie des recracheurs. Un jour, elle a même jeté le contenu de son gobelet à la figure d'une infirmière. Ça arrive, parfois. On prépare de nouveau les gouttes. On tente de convaincre le patient des bienfaits du traitement. On parlemente. On attend. On revient à la charge. On use un à un de tous les outils de la communication infirmière. On écoute les récriminations, avec patience et attention. On aspire la colère et la rancœur, les angoisses et la révolte… On tente de persuader avec douceur et fermeté. Et puis vient le moment où l'on menace de la piqûre. C'est l'argument ultime.

Je me souviens… Nous sommes trois autour d'elle.

« Sophie, vous êtes hospitalisée sous la contrainte. Vous êtes dans l'obligation de vous soigner…

– J'en veux pas de votre poison… Je vois trouble…

– C'est vrai, il y a malheureusement des effets secondaires… Vous en parlerez à votre médecin, Sophie…

– Il m'écoute pas ! Il se fiche de ce que je lui dis…

Regardez, je perds toutes mes dents à cause de ces satanés médicaments… Les doses sont trop fortes…

– Ce traitement vous convient parfaitement, Sophie. Vous avez un très bon médecin. Vous savez bien que vous avez besoin de ce traitement…

– Alors, j'en prends que la moitié…

– Non ! Soyez raisonnable, Sophie… Vous préférez le traitement injectable pour ce soir… ? »

Elle nous fusille du regard.

« J'en veux pas de votre piqûre. Je veux parler à un médecin. J'ai le droit de voir un médecin. Appelez le médecin de garde !

– Non, en cas de refus de votre part, nous avons une prescription médicale pour une injection…

– Je vais pas me laisser faire…

– Sophie, nous sommes trois. S'il le faut, nous appellerons des hommes en renfort…

– Ah ! oui, les gros bras… »

Il y a du mépris dans sa voix.

« Non, des infirmiers… »

Ce jour-là, elle finit par accepter de prendre son traitement *per os.* D'autres fois, il est impossible de la convaincre. Comment nous voyait-elle alors ? Comme ses ennemies les plus féroces. Comme de cruelles et hideuses sorcières. Comme de viles empoisonneuses… Elle fulmine et regimbe, mais avale le breuvage amer.

Aujourd'hui, Sophie ne piétinera pas dans la file d'attente de quatre heures. Elle n'aura plus jamais de goûter. Elle sera aussi absente à l'heure de la distribution des médicaments et il n'y aura pas de longue discussion autour des comprimés. Peut-être, au dîner, certains patients commenceront-ils à s'inquiéter quand ils la chercheront du regard. Lorsqu'ils remarqueront que sa place au self demeure vide… Déjà Gabrielle piaffe devant la porte d'entrée…

Elle attend ses clopes.

Elle attend Sophie.

Mais Sophie ne viendra plus.

Sophie s'est suicidée.

Une petite saucisse de Francfort

J'ai déjà vu des suicidés.

La première fois, c'est en septembre de l'année 1977.

Je viens d'arriver à l'hôpital de Villejuif. À peine deux jours que je suis devenue une élève infirmière, une future infirmière psychiatrique. On m'a remis gracieusement une demi-douzaine de blouses blanches et un trousseau de clés, que j'ai reçus comme un cadeau de bienvenue. J'ai apposé ma signature au bas d'un grand registre. Je dois avouer que je suis assez fière de moi. J'ai l'impression qu'on me prend en considération, que je suis quelqu'un. En plus, on va me payer. J'aurai enfin un salaire, un statut dans la société… J'aurai bientôt le droit d'assister aux cours dispensés à l'école des infirmières située au sein même de l'hôpital. J'aurai un diplôme… Et ça ne m'empêchera pas d'écrire mes petites histoires. Oui, tout en exerçant mon métier d'infirmière, je pourrai continuer à rêver ma vie, à en inventer d'autres sur le papier.

Je suis affectée au service du docteur K…

Une infirmière à moustache me met en garde. « Tu ne dois jamais tourner le dos aux malades. Quand tu surveilles le repas, tu te mets dos au mur… T'as compris ! Ils peuvent être dangereux… On ne sait jamais vraiment ce qui se passe dans leurs têtes. »

J'ouvre de grands yeux.

« C'est pas la peine de te mettre dans des états pareils. Si t'as peur, tu feras pas la semaine.

– J'ai pas dit que j'avais peur. J'ai… »

Elle me coupe la parole.

« T'as pas besoin de le dire, c'est écrit sur ton visage… »

À côté d'elle, deux infirmiers – l'un à lunettes, l'autre à barbichette – sourient doucement.

L'un d'eux murmure : « C'est vrai, si t'as peur, tu feras pas long feu. »

L'autre répète : « Tu feras pas long feu… »

Je tâte les clés au fond de ma poche. Ça me rassure d'emblée. Non, je ne rêve pas. J'ai été embauchée. J'ai même signé un contrat qui stipule que je travaillerai au moins cinq ans à l'hôpital à l'issue de ma formation. Je suis sûre que le directeur ne voudrait pas me laisser partir. Et moi-même je me sens bien ici, avec mes clés toutes neuves, ma blouse blanche et mon titre d'élève infirmière. Non, je n'ai aucune envie de retourner dans le monde angoissant des étudiants de Nanterre qui regardent l'avenir comme un point d'interrogation pendu à l'horizon. J'ai trouvé une tanière chaude où m'abriter et je veux bien la partager avec des fous.

Quand j'étais petite, je croyais parfois que je pouvais devenir une folle. Il aurait suffi d'un rien pour que je me laisse emporter par les drôles d'idées qui me traversaient l'esprit. J'avais beau les chasser, elles revenaient par vagues, violentes et attrayantes à la fois. Elles enflaient dans ma tête. J'avais alors envie de crier comme une furie, tout casser autour de moi, déchirer des draps, grimper dans un arbre et me retirer du monde. Je me suis souvent retenue. Vers quatorze ans, au lieu de m'occuper de ma puberté, j'avais plutôt la tentation de tuer les oiseaux et les anolis, couper un bout de queue, crever des yeux et sentir la chair blessée gigoter entre mes doigts. De temps en temps, je demandais à Dieu ou au diable la mort de mon père. Je l'imaginais dans les pires tortures, dans des accidents effroyables… À une époque, j'ai même cru que j'avais des pouvoirs magiques, que mes pensées avaient une incidence sur le réel. Et puis j'ai désiré la mort, pour moi-même, en finir une fois pour toutes, en finir avec cette vie, me jeter par la fenêtre ou bien sous les roues d'une auto… Dans mon enfance, sans que personne s'en aperçoive, j'ai passé de grands moments de désespoir. Je me sentais aspirée par le vide… Attirée par la grande gueule du vide…

L'infirmier à lunettes chuchote : « Ils embauchent n'importe qui. C'est pas tout le monde qui peut faire ce métier. C'est dur. C'est dangereux... Faut être blindé... »

L'autre à barbichette opine, l'air grave.

Je dis : « On verra bien... »

Le premier se reprend : « C'est pas pour toi qu'on disait ça... »

Lorsqu'ils se remémorent à haute voix les passages éclairs de jeunes écervelés qui se sont carapatés après un temps de secret calvaire et des nuits de cauchemars, je pense à ma mère. Elle me voyait déjà professeur de lettres.

Enfant, je n'ai jamais joué à l'infirmière, non plus au docteur. J'étais toujours plongée dans des livres, assise à côté de la vraie vie, fuyant de toute mon âme la réalité du quotidien. Quand je n'écrivais pas mes petites histoires, je coiffais les amies de ma mère que je considérais un peu comme de grandes poupées de chair. Ça devait certainement les contrarier de me voir arriver avec le peigne familial édenté que je fourrais dans leur mise en plis en grignant un sourire. Je fabriquais des chignons à étages, je tressais des nattes enrubannées et j'enroulais les bouclettes autour de mes doigts. Ma mère laissait faire sans jamais me réprimander. Aujourd'hui, je me dis que ces femmes devaient me maudire et trépigner de rage. Pourtant, je me souviens, elles faisaient bonne figure. Avec ma sœur aînée, j'aimais aussi confectionner des vêtements pour mes poupées de plastique...

S'ils ne veulent pas de moi à l'hôpital psychiatrique, je pourrais peut-être devenir coiffeuse, ou travailler dans la mode, ou raconter des histoires comme Schéhérazade, manière de sauver ma peau…

Ce matin, j'ai posté une lettre de trois pages à ma mère. J'ai écrit que je commence bientôt ma formation d'infirmière et que je suis intégrée à un service hospitalier. J'ai parlé des blouses blanches à mon nom, du trousseau de clés…, de mon avenir tout tracé de fonctionnaire. J'ai raconté des bribes choisies de ma vie parisienne et je me suis projetée dans l'avenir… Dans trois mois, je vais quitter ma chambre de la résidence universitaire. Dans trois mois, je pourrai montrer des fiches de paye et me trouver un appartement. Dans trois mois, je serai une femme libre…

J'ai écrit toutes ces jolies choses parce que je sais que ma mère va s'en enorgueillir. Ça lui fera du bien de m'imaginer dans cette belle posture. Ça la consolera de sa vie. Elle vivra ma prétendue liberté par procuration. Son rêve a toujours été de travailler pour gagner son indépendance. Dans son temps, il fallait l'autorisation d'un mari pour entamer une quelconque carrière ; mon père a toujours refusé de signer le formulaire.

Bien entendu, dans mon courrier, j'ai enjolivé les choses. La réalité n'est pas si féerique. Les infirmières ne se contentent pas de parader dans leur blouse blanche en agitant leurs clés… Elles préparent aussi les prescriptions médicales, distribuent les cachets, comptent les gouttes des perfusions, font des piqûres, soignent les plaies et les bosses. Et puis il y a toutes les tâches ingrates, moins nobles, incontournables, dont je n'ai pas fait état…

Dès le premier jour, on m'a mise dans le bain.

« Ma p'tite ! Faut en passer par là si tu veux rester dans la maison ! »

L'infirmière qui se tient devant moi est en train d'enfiler de grandes bottes de caoutchouc noir. Je regarde la pendule accrochée au mur. Il est sept heures du matin, c'est le moment de la toilette pour les malades. J'ai enfilé des bottes aussi. J'ai une pile de linge propre dans les bras : serviettes, draps, pyjamas, chemises, pantalons… Dans la salle d'eau emplie de vapeur, près de quinze hommes sont alignés, nus, attendant leur tour comme des bœufs à l'abattoir. D'autres – six ou sept – se trémoussent déjà sous les puissants jets d'eau. Une infirmière savonne à la chaîne ceux qui sont incapables de le faire eux-mêmes. Celle qui tient son tuyau d'arrosage comme une lance à incendie les asperge d'eau. Des hommes rient, édentés. D'autres supplient ou pleurent ou grimacent. L'un d'eux semble se battre avec un invisible. Un géant s'est accroupi dans un coin et refuse de se relever. Il tient sa tête à deux mains et se balance d'avant en arrière. Son sexe, long, torve, pendouille comme une bête morte entre ses cuisses. Et il y a tous ces autres pénis exposés là, sans pudeur aucune. Je regarde la figure impassible de l'infirmière qui savonne les sexes inertes entre les jambes de ces hommes. Je dévisage les deux infirmières qui les essuient comme s'il s'agissait de grands enfants dociles, les enveloppent dans un drap, les frictionnent, les habillent. Elles ont le geste sûr et sans accroc des ouvrières d'une usine de montage automobile. Et les hommes se laissent manipuler, sans grande réaction.

« Hé, j'te cause ! Donne une serviette à Fabien ! T'approche pas trop. Il aime pas ça. Faut pas le toucher. Allez ! T'as qu'à lui lancer la serviette… C'est pas compliqué… Prends aussi du linge propre. T'occupe, il s'habillera seul dès qu'il sentira l'odeur du café. »

Fabien, c'est le malade accroupi dans son coin.

L'air mauvais, Fabien m'inspecte du coin de l'œil. Je lui lance une serviette qui atterrit sur sa tête et recouvre la moitié de son visage.

« Oh ! Désolée. Excusez-moi, j'ai pas fait exprès… »

Les infirmières suspendent leurs gestes et cessent leur babillage. Il y a soudain un drôle de silence qui filtre et sinue entre les grognements et soupirs et conversations des malades. C'est le silence des soignants avertis qui pressentent une tempête et se préparent au pire.

Quand Fabien arrache la serviette, tout le monde découvre sa figure toute cabossée, ses yeux noirs qui semblent voir flotter des êtres ou des choses ahurissantes dans la vapeur ambiante. Et soudain, son corps tressaute sous un hoquet, puis un autre et un autre encore. Et Fabien se met à rire en hochant la tête et il saisit la serviette et se voile de nouveau la face. Et son rire me percute et me pétrifie sur place.

Autour, les infirmières et les patients rient. Leurs rires accolés au rire de Fabien dilatent le temps. Cette fois, l'histoire se termine sur une *happy end*. Tout le monde rit dans une surprenante connivence. C'est un rire de comédie, comme il y a des répliques de comédie, car au fond tout cela ressemble à une scène de théâtre où chacun incarne son personnage du mieux qu'il peut. C'est aussi un rire de soulagement, comme il y a des soupirs de soulagement. Une autre fois – je le découvrirai plus tard – Fabien aura envie de tout casser, de foncer sur une infirmière qui aura pris les traits de sa pire persécutrice. En ce jour, c'est un rire de circonstance, comme il y a des larmes de circonstance parce qu'on est tous embarqués dans la même nef des fous, qu'on se ressemble tous, parce qu'on est tous fragiles comme de la porcelaine ou des coquillages, tous si vulnérables, tous plus ou moins brisés de l'intérieur. Et parce qu'il faut bien rire pour repousser la terreur.

« Tiens, essuie Richard ! Celui-là va pas te manger… Comment c'est ton nom encore ?

– Gisèle. Je m'appelle Gisèle…

– Bienvenue en psychiatrie, Gisèle. Moi, c'est Micheline… Allez ! Grouille un peu… »

Richard se tient cassé, tremblant de froid dans son coin. Il attend, un doigt dans la bouche. Il attend, comme un enfant. Il a près de quarante ans. J'en ai vingt et un et il va bien falloir que je m'approche de lui. Un homme mûr, les yeux morts, le sexe mol entre deux jambes grêles et poilues. Autour, les infirmières discutent et rigolent tout en finissant de préparer et d'habiller leurs patients.

« Allez ! Dépêche, ma p'tite ! On a pas toute la journée ! »

Je respire un grand coup. Je n'ose pas regarder dans les yeux le Monsieur Richard qui me fait face, qui m'attend. Je me répète que c'est un malade de l'hôpital psychiatrique et que j'ai décidé de devenir infirmière. Je ne dois plus penser : homme et femme ; je dois penser : soignant et soigné. C'est un être malade et je suis future infirmière.

Je commence par lui essuyer le visage, puis le torse et les bras, puis les jambes. Je finis par effleurer son sexe avec la serviette. C'est une troublante sensation. Je me sens gênée, honteuse. Lui connaît son rôle sur le bout des doigts : aucune réaction. Je prends dans la serviette ses testicules et je les tapote délicatement comme des œufs frais du jour. Ensuite j'enroule le sexe de Richard dans la serviette comme une petite saucisse de Francfort. Voilà, elle est bien sèche. Mission accomplie. Ouf, c'est fini. Quand je relève la tête, nos regards se croisent par accident. Ses yeux me fixent comme s'il m'avait connue dans une autre vie et qu'il tente de rameuter des souvenirs intimes. Je lui passe son slip, puis son pantalon. Je boutonne sa chemise à carreaux. Je ramasse la serviette mouillée et je la jette sur une montagne de linge sale puant l'urine et les excréments.

Le lendemain matin, quand on constate la mort de Monsieur B., je suis à la toilette des malades avec Micheline et les autres soignants. J'ai enfilé mes grandes bottes noires et j'apprends à bien diriger le jet du tuyau. Sans le faire exprès, j'arrose à moitié une infirmière, Élisabeth. Sa blouse toute mouillée lui colle au corps.

Mais au lieu de se mettre en colère, Élisabeth semble s'en amuser. Et elle éclate de rire, comme le patient Fabien, la veille.

« Hé ! La p'tite ! J'ai déjà pris ma douche ! »

Une autre infirmière m'arrache le tuyau des mains et continue d'arroser Élisabeth qui court se cacher dans une salle attenante en poussant des petits cris. Les patients réagissent de diverses manières. Certains regardent, bouche bée, figés, les bras croisés. D'autres rigolent et piaffent sur place en agitant les mains. Quelques-uns, l'air blasé, attendent que passe ce vent de folie afin que les infirmières reprennent leur sérieux.

Et puis, un infirmier vient chuchoter quelque chose à l'oreille de Micheline. Aussitôt son visage se crispe. Les mâchoires serrées, elle fait un signe à ses collègues et quitte la salle d'eau. Autour, les visages des soignants sont graves. Je ne comprends pas ce qui se passe. Mais il y a de l'angoisse dans l'air. En deux temps, trois mouvements, les patients se laissent laver, essuyer et habiller sans réticence, comme s'ils sentaient intuitivement que l'heure n'est pas aux caprices et troubles du comportement.

À la ronde de six heures, en relevant l'équipe de nuit, les infirmiers ont cru que Monsieur B. dormait comme tous les autres patients. Il était allongé sur son lit. Son corps était à moitié recouvert du drap, son visage tourné vers le mur.

À sept heures trente, un infirmier, Marc, a fait une nouvelle ronde pour la toilette et la distribution des médicaments avant le petit-déjeuner. Il a frappé à la porte de la chambre. Il est resté sur le seuil. Il a appelé plusieurs fois : « Monsieur B. ! Monsieur B. ! Monsieur B. ! Faut se lever maintenant… » Marc s'est approché du lit. Il s'est penché. Il a d'abord tapoté l'épaule de Monsieur B. Est-ce qu'il a senti tout de suite la rigidité du corps ? Il s'est mis à le secouer. Il a tenté de le retourner. Et c'est à ce moment qu'il a vu les plaquettes vides de Tranxène. Cinq plaquettes coincées sous le bras de Monsieur B.

Ce jour-là, sur le cahier de rapport, la surveillante a écrit :

À sept heures trente, avons constaté le DC de Monsieur B. suite à une TS par IMV.

Mes suicidés

DC : décès.
DCD : décédé.
TS : tentative de suicide.
IMV : ingestion médicamenteuse volontaire.

Dans toute ma carrière, je ne sais plus combien de fois j'ai dû écrire ces lettres. On ne s'habitue pas à la mort.

On ne s'y attend jamais.

Elle nous surprend toujours.

Même si l'on sait pertinemment qu'on a affaire à des personnes fragilisées, exposées, vulnérables…

Même si l'on sait qu'on peut la rencontrer à tous moments, la mort, il n'est jamais facile de l'affronter.

On se retrouve confronté à sa propre impuissance. On bute sur des questions obsédantes…

Est-ce qu'on aurait pu éviter ce geste ? Est-ce qu'il y a eu des appels au secours ? Est-ce qu'on aurait pu les entendre ? Est-ce qu'on a manqué de vigilance ? Est-ce qu'on a loupé quelque chose ? Est-ce qu'on a fait preuve d'incompétence ? Est-ce qu'on aurait pu prévenir ou même empêcher cette issue fatale ? Est-ce qu'il y a eu préméditation ou non ?

Les infirmiers expérimentés affirment qu'il est impossible d'empêcher quelqu'un de se suicider. Rien ne peut contrer la volonté de celui qui a décidé d'en finir avec la vie.

Je me souviens de tous ces patients qui sont partis, épuisés, poussés par le désespoir, la lassitude, la honte, la colère… Tous ceux qui sont passés à l'acte dans un raptus suicidaire…

Monsieur F. souriait à sa sortie de l'hôpital. Il venait de passer trois mois dans notre unité de soins. Arrivé dans un état de très grande agitation, il avait fini par se calmer, puis par sombrer dans la dépression avant de retrouver une humeur plus stable. Cafetier dans la région parisienne, il se souvenait avec effroi de son comportement passé : il causait avec les chiens de ses clients. Il était persuadé de comprendre et parler le langage des chiens. Complètement désinhibé, il soulevait les jupes des femmes et reniflait leurs culottes. Il se mettait à quatre pattes sur le trottoir et il aboyait. « J'ai tellement honte ! Je n'aurai pas la force de retourner dans mon café, d'affronter le regard des gens… », confiait-il aux infirmières.

Nous tentions de le rassurer : « Ce n'est pas votre faute. C'est votre maladie. Vous souffrez de troubles bipolaires. Si vous prenez bien vos médicaments, cela ne se reproduira pas. Si vous sentez que votre humeur est en train de changer, allez tout de suite consulter un médecin ! Surtout, n'attendez pas de retomber dans la phase maniaque ! »

Oui, il souriait le jour de son départ. Il avait hoché la tête à nos recommandations. Il nous avait encore une fois remerciés de notre patience à son égard. Il nous avait demandé pardon pour tous les jurons. Et il était parti. Une heure plus tard, il était revenu avec des fleurs, un bouquet de roses rouges que nous avions mis dans un vase sur le bureau infirmier.

J'entends et je revois ma collègue Maria. Elle se tient droite, lui ouvre la porte et lui dit : « Prenez bien soin de vous, monsieur F. »

La semaine suivante, nous apprenions que Monsieur F. avait été retrouvé pendu dans la ferme de son grand-père en Corse.

Madame J. avait supplié le psychiatre du service de lui accorder une permission pour se rendre à son domicile. Je me souviens, elle était assise face au médecin, les jambes croisées. Elle avait l'air détendue. Elle racontait qu'elle avait des factures à payer. « Je vous assure, docteur, je me sens beaucoup mieux. Je veux reprendre ma vie d'avant, vous comprenez. Régler mes affaires. Oui, l'hospitalisation a été bénéfique. Je ne vais plus me laisser aller… Je fais juste l'aller-retour… » Elle n'est jamais revenue. Elle s'est couchée sur son lit et a avalé tous les médicaments antidépresseurs qu'elle venait de se faire prescrire par son médecin généraliste. Celui-là aussi la connaissait bien ; il la suivait depuis une vingtaine d'années.

Monsieur T., psychotique chronique bien connu du service, nous parlait de ces masques monstrueux que portent les gens dans la rue. Lui-même – de manière fugace – assistait parfois à la transformation de son propre visage dans le reflet des vitres du métro. Cela le terrorisait. Il aimait se promener aux alentours de l'hôpital. Il aimait l'art. Il peignait des tableaux étranges qu'il était possible de regarder dans n'importe quel sens. Il nous montrait toujours des visages déformés cachés dans les sombres paysages, dans les branches des arbres aux troncs tortueux, dans le ciel tourmenté. Pour rire, par amitié, certains patients l'appelaient Van Gogh ou même Vincent. Un jour, il a marché jusqu'à Paris et il s'est jeté dans la Seine.

Mademoiselle R. a mélangé de l'alcool avec des médicaments. En même temps que son cadavre, on a retrouvé chez elle soixante fiasques de rhum et une vingtaine de plaquettes de Valium. Elle buvait depuis l'âge de quatorze ans. Elle avait fait cinq cures de désintoxication. Elle avait cent fois promis de ne plus boire d'alcool, de commencer une nouvelle vie. Elle avait tenté dix fois de se tuer en ingérant des comprimés. On avait dû la ranimer quatre fois aux urgences de l'hôpital

Saint-Antoine. Elle avait été hospitalisée trente fois à l'hôpital Esquirol. Elle avait trente-quatre ans. Elle est morte un lundi. Sa famille s'est inquiétée de son silence le dimanche suivant. Les pompiers ont défoncé la porte. Il paraît que son corps était bleu.

Madame D. s'est défenestrée. Un 21 juin, jour de la fête de la Musique, elle a sauté du sixième étage d'un appartement parisien. Dans la cour, un orchestre amateur jouait la *Symphonie du Nouveau Monde* de Dvorák. Madame D. n'en était pas à son premier essai. Deux ans plus tôt, elle avait sauté du deuxième étage chez son beau-fils. Elle s'en était tirée avec une fracture du bassin. Elle avait dit que des voix lui en avaient donné l'ordre, assurant qu'elle ne courait aucun risque. Elle devait se jeter dans le vide pour témoigner de sa foi. Après un mois d'hospitalisation, les voix avaient reculé devant les antipsychotiques. Madame D. avait juré qu'on ne l'y reprendrait plus.

Madame R. a fourré des pierres dans ses poches et s'est noyée dans une mare du Berry, au pays de George Sand. Comme Virginia Woolf, elle en a eu assez de son existence, de sa maladie. Elle a voulu mettre fin à toute cette souffrance accumulée au cours des ans. Toute cette souffrance enracinée en elle. Toute cette souffrance à endurer au quotidien. Trop lourd. Insupportable... Durant ses hospitalisations, Madame R. disait parfois qu'elle voulait s'arracher un œil et que ça la soulagerait. Certains après-midi, on la retrouvait assise sur son lit, fixant le mur sur lequel courait une fissure ou bien le néon jaune au plafond.

Mademoiselle A. s'est vidée de son sang dans la kitchenette de son studio. Étudiante en architecture, anorexique et pratiquant l'automutilation, elle avait été hospitalisée trois semaines. Cela faisait un an qu'elle avait quitté le service. Depuis, elle était régulièrement suivie en extrahospitalier. Elle donnait l'impression d'aller mieux. Elle poursuivait ses études avec succès. Elle pesait 47 kilos et mesurait 1,74 mètre. Mademoiselle A. avait commencé à se scarifier les bras quand elle était en sixième. Elle disait qu'elle regardait couler des larmes de sang. Elle trouvait poétique un corps qui pleure. C'était son secret entre elle et elle-même. Elle achetait en cachette les pansements à la pharmacie du coin. Mademoiselle A. racontait que sa mère s'était mise à sangloter, sans dire un seul mot, lorsqu'elle avait découvert ses bras mutilés. Mademoiselle A. était décédée des suites de deux phlébotomies. Les veines des poignets avaient été sectionnées avec un petit cutter retrouvé dans la grosse flaque de sang qui lui faisait comme une cape mortuaire. Elle avait gardé les yeux ouverts et peut-être avait-elle pensé, avant de mourir, que cette cape était poétique.

Monsieur R. s'est tiré une balle dans le ventre, Monsieur H. s'est tranché la gorge, Madame G. s'est fourré la tête dans le four, Mademoiselle P. a bu de l'eau de Javel… Et Sophie s'est jetée sous le métro.

Je regagne le bureau infirmier. Noémie et moi nous regardons en poussant des soupirs de désolation. Noémie n'a que vingt-cinq ans. Parfois, elle secoue la tête comme une très vieille dame accablée par le destin.

Le téléphone sonne à plusieurs reprises. Non, ce ne sont pas les policiers. Des parents, des frères et sœurs de patients, des collègues…

« Oui, Monsieur R. est calme en ce moment. Vous voulez rencontrer le médecin pour le séjour en maison de repos… Très bien, je note. Le docteur sera informé. »

« Oui ! Je ne comprends pas. Il vous a appelé. Ah ! Il vous harcèle au téléphone. Il appelle d'un téléphone portable… Il vous a menacé parce que c'est vous qui avez signé l'HDT… Vous voulez qu'on l'empêche de téléphoner… C'est un autre patient qui lui prête son téléphone portable, c'est délicat. Vous ne voulez pas qu'il sache que vous nous avez informés, mais on doit lui dire de ne plus vous appeler… »

Noémie hausse les yeux au ciel.

Troisième appel.

« Allô !

– …

– Qui est à l'appareil ?

– …

– Allô !

– Hou ! Hou ! C'est le grand méchant loup qui va vous dévorer toute crue ! »

Malgré moi, je suis obligée de sourire. Au bout du fil, Jean-Sébastien, un patient qui vit dans un appartement thérapeutique à deux pas de l'hôpital. Noémie sourit à son tour. Pendant une seconde, on oublie Sophie.

« Ah ! Jean-Sébastien ! Je vous ai reconnu. C'est comme ça que vous parlez à vos infirmières ?

– Non ! Non ! C'est le loup-garou ! J'ai faim ! Miam ! Miam ! »

Il se met à rire furieusement. Je le revois à son arrivée, il y a quatre ans, prostré, hostile, persécuté, méfiant. Persuadé qu'il était prisonnier d'une secte et que nous – les soignants – pratiquions la magie noire et blanche.

« Alors, Jean-Sébastien, que voulez-vous ? Si vous n'avez rien à nous dire de plus intéressant, il va falloir raccrocher car nous attendons un appel important.

– Ah oui ! Zorro doit vous téléphoner ou peut-être votre prince charmant… »

Je lui dis au revoir et je raccroche.

Noémie regarde la pendule. Il est quatre heures vingt.

Richard passe la tête dans l'entrebâillement de la porte du bureau infirmier.

« Vous mangez pas votre pomme, mademoiselle Noémie. Vous me la donnez ? J'ai faim. » Il sourit. On devine que cette pomme fera son bonheur.

Noémie lui a déjà dit non trois fois. Elle est près de flancher. Elle me regarde pour obtenir mon assentiment.

Je hausse les épaules. « Vas-y ! Donne-lui si t'en veux pas… »

Noémie se lève.

« De toute façon, j'ai plus faim. J'ai l'estomac noué. Je pourrais rien avaler… »

Je hoche la tête. Je n'ai jamais été d'une rigidité implacable, à cheval sur le règlement comme une mère fouettarde. De toute façon, Noémie et moi sommes ébranlées, à moitié ramollies par la mort de Sophie. On peut bien donner une pomme à Richard.

Par principe, je lance :

« Et merci de ne plus faire entrer de shit ici, c'est interdit !

– Ouais, ouais ! Arrêtez de radoter, j'ai compris… »

C'est vrai que je radote. Même si je parle dans le vide, je dois répéter qu'il y a des interdits. Je représente le règlement, le cadre. Avec Noémie, je suis responsable de vingt-cinq personnes atteintes de diverses affections psychiatriques. N'importe quoi peut arriver à n'importe quel moment. Le feu, la mort, la crise d'angoisse, l'apparition d'un démon, l'appel d'une voix, des insultes, une fugue, des cris, des rires immotivés… Nous sommes tous embarqués dans la même galère. Et l'attitude des soignants structure le lieu. Les infirmiers doivent garantir la sécurité des patients. Les protéger d'eux-mêmes, de leurs pulsions mortifères. Les suivre dans les zones de turbulences. Les aider à traverser les déserts et les mers. Les porter à bout de bras. Les redresser après la tempête. Les soulager du poids de leurs souffrances. Les accompagner au plus loin, même lorsqu'ils errent au fond de sombres forêts…

Pour l'heure, j'ai l'impression de m'accrocher à des branches cassées. Je radote pour repousser mes propres angoisses.

Noémie revient. Elle dit : « Richard était content. Il m'a remerciée pour la pomme. Et il a promis de plus fumer de shit dans l'unité. »

Je vois bien que son geste la console. Elle a fait sa bonne action du jour.

Elle demande : « Les policiers n'ont pas rappelé ? »

Je fais non de la tête.

Elle a les larmes aux yeux et murmure : « Comment Sophie a pu faire ça… C'est terrible… Si je ne lui avais pas ouvert la porte…

– Écoute, Noémie, elle avait le droit de sortir en ville. Qu'est-ce que tu pouvais faire ? Personne n'aurait pu prévoir ça. Je te jure, ce n'est pas ta faute… N'importe quel infirmier lui aurait ouvert… Moi aussi… »

Le téléphone sonne de nouveau. Noémie sursaute.

« Allô ! C'est l'unité Pinel ! On a besoin de renfort, on a un patient agité en CSI. On doit le piquer en urgence. Vous avez des infirmiers hommes ?

– Non, désolée. On n'est que deux ! Deux femmes… Bon courage. »

Je regarde par la vitre. Quelques patientes se sont rassemblées autour d'une table du patio. Elles fument et papotent. Il fait encore beau. On se croirait presque au jardin du Luxembourg. Il n'est que seize heures quarante-cinq. Le temps semble s'être arrêté.

Noémie commence à écrire ses observations sur les dossiers de soins des patients. Chaque jour, on écrit sur chaque patient. L'équipe du matin écrit. L'équipe de l'après-midi écrit. L'équipe de nuit écrit. C'est notre rituel infirmier. C'est obligatoire. On passe beaucoup de temps à écrire…

Jean-Baptiste Pussin

Autrefois, à mes débuts dans le métier, les infirmiers passaient moins de temps à écrire et davantage auprès des patients. C'était une autre époque de la psychiatrie. Je ne vais pas la glorifier. Le travail était très différent. On gaspillait beaucoup de nos heures à exécuter des tâches ingrates et peu ragoûtantes. On faisait le ménage, on passait la serpillière. On allait chercher les repas à la cuisine centrale. On poussait des chariots dans les allées de l'hôpital.

Je me revois à Villejuif en plein hiver, par un matin où la nuit ne s'est pas encore retirée. Il fait très froid. Il y a du verglas. Je suis partie chercher le petit-déjeuner avec Clovis – le patient préposé à cette tâche. Il est là depuis trois siècles. Il marche à mes côtés. Il pousse, manœuvre et tire le lourd chariot sur lequel sont calés les brocs de lait bouillant et de café chaud que nous servirons tout à l'heure. Pour son travail, Clovis perçoit un pécule qui lui permet de s'acheter des petites choses, quelques vêtements d'occasion et surtout son cher tabac. Nous sommes sur le chemin du retour. Je dérape sur le verglas. Je manque de tomber avec le sac à pain. Clovis lâche le chariot pour tenter de me porter secours. Je me retrouve quand même par terre et je regarde le chariot chargé des énormes brocs de lait et de café noir dévaler la pente à toute vitesse. Clovis court en boitillant. Il a une jambe plus courte que l'autre. Las, le chariot finit par se jeter contre un arbre. Les brocs partent la tête la première. Le lait et le café noir se répandent sur les trottoirs. J'ai envie de pleurer, de crier. Tout lâcher et claquer la porte de cet enfer. Pleurer de rage. Adieu, le beau diplôme d'infirmière, la place de fonctionnaire, le mirobolant salaire... Bon Dieu, qu'est-ce que je fais dans cette misère ? Pleurer et rester assise par terre à me lamenter sur mon sort. Et je commence réellement à pleurer... La neige se met à tomber. Clovis ramasse le sac à pain et me tend la main.

« Allez, Cendrillon ! Debout !

– Pourquoi vous m'appelez Cendrillon ?

– Vous préférez que je vous appelle Blanche-Neige ? Vous connaissez mon nom et moi je sais même pas le vôtre, alors j'ai le droit de vous appeler Cendrillon...

– Je m'appelle Gisèle...

– Ah oui, Giselle comme la danseuse... Vous restez là. Vous allez pas vous relever... Vous attendez votre prince ou quoi... »

Il parle presque sans ouvrir la bouche, son mégot pincé entre les lèvres. Il porte une petite moustache jaunie par la fumée du tabac. Son visage est tout couturé comme un masque rapiécé.

Je pleurniche à moitié.

« Je sais pas quoi faire. Le café et le lait… Tout est perdu… Je vais avoir des problèmes… »

Lui reste flegmatique.

« Ben, on retourne en récupérer à la cuisine centrale. Ça arrive tous les jours ce genre d'accident de la circulation… Ils sont habitués là-haut… »

Clovis m'aide à me relever.

Ce matin-là, je pense que je vais partir…

Le temps passe.

Pendant six mois, chaque fois que nous allons ensemble chercher le petit-déjeuner, Clovis me raconte un morceau de sa vie. Trente-cinq ans qu'il est hospitalisé à Villejuif. Arrivé là à l'âge de dix-huit ans pour avoir tenté de tuer son père dans une crise de démence, il n'en est jamais reparti. Il dit que ses parents l'ont mis au monde pour le torturer. Alors qu'il n'était qu'un bébé, on le frappait déjà parce qu'il pissait dans ses couches. On disait que c'était une mauvaise tête qu'il fallait dresser. Alors on l'a privé de nourriture. On l'a enfermé dans un placard. On l'a mutilé. On l'a fait coucher dehors en plein hiver. On lui a cassé un bras et puis une jambe. On lui a fendu la tête avec un hachoir à viande, brûlé les mains pour lui faire comprendre qu'on ne vole pas même un morceau de pain sous prétexte qu'on a faim. Il a été élevé à coups de poing et de pied. Il a servi d'esclave dans la ferme familiale. Il a dormi avec les porcs et les vaches. Il a mangé les restes… Un jour, Clovis a planqué un couteau dans son pantalon. Et quand son père est venu lui aboyer ses ordres, Clovis lui a planté le couteau dans le ventre. D'abord, il a fait un temps de prison. Ensuite, on l'a envoyé à l'hôpital psychiatrique parce qu'il avait des crises. Il criait la nuit. Il avait peur le jour. Il avait tenté de se pendre à plusieurs reprises.

Je voulais partir…

Pourtant je suis encore là, trente ans plus tard.

Je ne sais pas ce qui m'a retenue à l'hôpital psychiatrique…

Peut-être les histoires que j'ai entendues jour après jour, toutes ces vies extraordinaires déroulées devant moi…

J'ai renoncé à partir…

Je suis restée à Villejuif. J'ai passé la serpillière tous les jours. J'ai trié et compté le linge sale chaque vendredi après-midi pendant une année. C'était une tâche immonde. Le linge sale de toute la semaine était balancé dans une grande salle, jour après jour. Il faut imaginer l'odeur pestilentielle des excréments, de l'urine, des macérations et vomissures… Une puanteur à vous donner la nausée. Il faut se figurer une montagne de draps maculés de sperme, matières fécales, pisse jaunâtre, des serviettes de toilette humides, pantalons, pyjamas, chemises crasseuses... À l'époque, on comptait tout, chaque slip, drap, serviette... On arasait la montagne pour reconstituer des petits monticules de pantalons et chemises, des piles de slips et maillots de corps, des collines de draps et couvertures et serviettes... À la fin, on comptait et recomptait encore avant d'emballer le linge trié dans d'autres draps. Cela prenait des heures. Le soir, un gros camion venait récupérer le tout. Quand je quittais l'hôpital, j'avais l'impression de trimballer cette puanteur dans le bus. Et sous la douche, j'avais beau me frotter, elle m'emplissait les narines, me collait à la peau.

Je suis quand même restée...

J'ai fait et défait des lits. J'ai vidé des quantités de seaux d'aisance. J'ai savonné des multitudes de corps d'hommes et de femmes. J'ai lavé leurs parties intimes sans émoi. J'ai essuyé, habillé, coiffé, rasé toutes sortes de malades, jeunes et vieux, réticents, agressifs, bonasses, rigolards. J'ai donné à manger à la cuillère à de pauvres gens devenus déments séniles qui, durant toute leur existence, s'étaient soigneusement tenus à distance des Noirs. J'ai bordé des mélancoliques en leur souhaitant une bonne nuit même s'ils étaient déjà partis très loin, sur une autre planète, comme le Petit Prince de Saint-Exupéry. J'en ai écouté d'autres délirer, me mener en bateau, me raconter des salades. Je les ai regardés faire leur cinéma. Et dans le même temps, je suis allée pendant vingt-huit mois à l'école d'infirmières...

Je suis restée tout ce temps à Villejuif…

Peut-être parce que les murs racontaient aussi de belles histoires.

En cours, le passé de l'hôpital est brièvement évoqué. On apprend qu'autrefois Villejuif était un asile-hospice. Créé en 1884, il est considéré comme une annexe de l'hôpital Sainte-Anne et ne doit accueillir que des aliénés chroniques et peu agités. Mais bien vite, ce programme s'avère irréalisable tant il y a d'insensés à interner.

L'un des enseignants est féru d'histoire. Ancien infirmier psychiatrique, il a mené des recherches sur les origines de la profession et il a rencontré Jean-Baptiste Pussin, qu'il considère comme l'ancêtre vénérable et le père vénéré de tous les infirmiers en psychiatrie.

Je suis fascinée par ce destin…

Jean-Baptiste Pussin naît en 1746 à Lons-le-Saunier. Fils de tanneur, il aurait pu reprendre l'affaire de son père. Mais il souffre de la tuberculose. Admis pour soins à Bicêtre en 1771, il y fera carrière, par hasard… Soigné, guéri, Pussin s'intéresse à la foule des miséreux qui peuplent les lieux et obtient un poste de surveillant dans le service des insensés. Beaucoup sont enchaînés, maintenus par les fers. Les malheureux sont traités pis que des animaux qu'on laisse livrés à eux-mêmes. Ils se battent comme des loups, croupissent dans leurs déjections, boivent leur urine, forniquent à tout va, se transforment en statues de sel, attendent une parole divine, s'arrachent un œil, pleurent et rient dans le même élan, sautent pour attraper la lune, vomissent leur âme, se prennent pour un roi ou un cheval ou une fleur, se jettent dans la peau d'un crapaud, parlent à une pierre…, causent à l'envers, conspuent un arbre, invectivent le soleil, se dénudent et remuent du croupion…

Au commencement, le surveillant Pussin les observe. Il prend des notes. Il ne les craint point, tous ces fous. Intuitivement, il sait que demeure, derrière les excès et les débordements de la folie, une once de lucidité, une flammèche de raison qu'il est possible de solliciter, de stimuler, de réactiver. Pussin sait qu'il aurait pu être parmi ceux-là, pauvres diables, rebuts de la société, éclopés du cerveau et indigents de la raison.

Au fur et à mesure, le surveillant se mêle à eux. Il découvre l'horreur derrière le malheur, le désespoir derrière la rage… Les insensés enfermés dans des loges sans lumière ni chauffage. Amarrés à des cordes tels des animaux, les pieds et mains et cou garrottés par les fers. Les geôliers les insultent et les frappent et les considèrent comme des âmes démoniaques, des créatures sataniques. La nourriture qu'on leur jette les maintient en vie par miracle. Certains qu'on appelle « furieux » sont enchaînés depuis plus de trente ans. Parmi eux se trouvent des squelettes qui n'ont même plus la force de porter leurs chaînes. D'autres, imbéciles et idiots, épileptiques et attardés, sont quasiment les marionnettes des gardiens qui leur font danser la gigue devant des chalands rigolards.

Avec son épouse Marguerite, Pussin éprouve de la compassion, de l'empathie, de la tendresse pour ses fous de Bicêtre. Il leur parle. Il est écouté. Il les approche sans les brusquer. Il les réconforte d'une parole chaude. Il entend rugir leur colère. Il dompte leur fureur. Il entend bruire les détresses profondes. Il améliore leurs conditions d'existence. Il interdit les pratiques barbares, le spectacle de la démence, les coups de fouet gratuits… Il tente tout simplement de rendre son humanité à ce monde clos livré à la bassesse et à toutes les formes de barbarie.

En 1790, un certain Monsieur Guilleret – tapissier à Bicêtre – confectionne la première camisole de force. Pussin la fait parfois enfiler à ses fous agités qui, entravés, continuent de se débattre mais ne sont plus enchaînés. À cette époque, les traitements sédatifs, antipsychotiques, benzodiazépines et anxiolytiques n'ont pas encore été inventés. Freud, Jung, Dolto, Fanon, Lacan et les autres ne sont pas encore nés, n'ont pas encore leurs détracteurs et leurs fidèles défenseurs.

Comment soigne-t-on ces malheureux à l'époque de Monsieur Pussin ? Par les chaînes et les fers pour les plus furieux. Il y a aussi la méthode dite de la douche violente à laquelle on prête quelques vertus, notamment celle de chasser les impuretés engendrant les accès de folie. Et puis on use également de ces bassins d'eau glaciale dans lesquels on plonge les malades. On pratique bien entendu la saignée qui est à la mode, et on ponctionne à tour de bras, à tort et à travers, jusqu'à laisser les individus exsangues, confus, morts d'inanition. L'administration de divers breuvages est largement expérimentée en dehors de Bicêtre… à base de quinquina, décoction de feuilles de sauge, élixir de Paracelse, vitriol, miel et vinaigre, pattes d'écrevisses, cloportes, marc de café et savon noir, suie de cheminée, margouillis de guérisseurs et recettes de sorcières… Pussin n'en est pas un adepte.

En 1793, Louis XVI vient d'être décapité. La Terreur règne à son tour. Les ennemis sont partout. On chuchote que Bicêtre est un repaire de contre-révolutionnaires de tout acabit, nobles en perdition et aristocrates en déroute, agents de l'étranger se faisant passer pour des insensés. Les membres de la Commission des hospices sont débordés par le flot de dossiers d'admission à examiner. Jeune médecin-chef nommé à Bicêtre, Philippe Pinel remarque très vite les qualités du surveillant Pussin. Il adhère à ces pratiques modernes qui prônent le traitement moral des fous, l'observation et la transcription minutieuse des comportements, le respect des insensés, l'amélioration de l'environnement et des conditions de vie, le bannissement des sévices et châtiments corporels. Enfin – étape spectaculaire de ce long processus d'humanisation –, en 1798, Jean-Baptiste Pussin libère les aliénés de leurs chaînes.

J'ai écouté cette histoire comme un conte merveilleux où – après avoir traversé maintes épreuves – le héros finit par vaincre les forces du Mal.

Peut-être que je suis restée là pour entrer dans un conte à mon tour.

Miss Monde Universelle Internationale

« À quelle heure on me fait ma piqûre ? »

Je regarde ma montre. Il est dix-sept heures. Les policiers ne se sont pas encore présentés.

« Dix-huit heures, juste avant le dîner. Ça vous convient ?

– OK ! Je vais fumer une cigarette dans la cour.

– À tout à l'heure ! »

C'est Tony F. Il vient tous les jours à l'hôpital, de huit heures du matin à dix-neuf heures. Il prend ses trois repas ici. Tony vit dans un hôtel à Paris, mais il n'a pas de quoi se payer à manger. Le loyer de la chambre lui dévore les trois quarts de son allocation d'adulte handicapé – l'AAH. Il a longtemps été hospitalisé. Il se prenait tantôt pour la fille de Dieu et la sœur cadette de Jésus-Christ, tantôt pour Miss Monde Universelle Internationale. Tony souffre de troubles de l'identité sexuelle et d'un délire mystique assez foisonnant. Sa dernière hospitalisation remonte à trois mois et a duré un an et demi. Il est resté presque deux mois en chambre de soins intensifs, nous menaçant du courroux céleste de son père le Tout-Puissant. Il nous crachait à la figure quand on l'appelait Monsieur F. Il exigeait qu'on l'appelle Mademoiselle F. « Pourquoi vous faites exprès de m'appeler monsieur, je suis une femme… » À son arrivée – en HO – il portait une perruque rousse, des bas résille, des talons hauts, un string à fanfreluches rose et une minirobe à paillettes. Il était complètement persécuté et persuadé qu'il devait approcher – par tous les moyens – une célèbre vedette du show-biz, afin de lui délivrer un message divin de la plus haute importance. Retrouvé devant la porte du domicile parisien de la star en train de prier, très réticent à quitter les lieux, agité et délirant, Tony s'est vu accompagner par une dizaine de gardiens de la paix à l'infirmerie de la préfecture de police de Paris – l'IPPP.

Le téléphone sonne. C'est Mademoiselle Camille S. Elle est angoissée. Une boule dure s'est formée sur son plexus solaire pendant la nuit. Elle sent qu'elle va se calcifier tout entière. Noémie qui a décroché tente de la rassurer.

« Quoi ! Les pigeons sont revenus aussi, en même temps que la boule dure ? Ils se posent sur le bord de votre fenêtre comme les oiseaux de Hitchcock. Ils gloussent toute la journée et ça vous rend folle… Hum… Hum… Combien sont-ils ? Cinq !… Non, le docteur n'est pas là, vous pourrez lui parler demain. Êtes-vous sortie un peu aujourd'hui ?... Faut pas rester toute la journée dans votre canapé, mademoiselle S.... Hum... Hum... Vous n'avez pas la force de vous lever... Je vous entends... Mais il faut prendre sur vous, faire des efforts... Vous serez de nouveau hospitalisée si votre état ne s'améliore pas et... Vous dites que l'ascenseur fait un raffut de tous les diables... Vous ne dormez pas du tout ? Hum... Hum... Il faudra vous rendre au CMP demain matin. Vous verrez un médecin... Oui, je vous prie de sortir de chez vous... »

En ce moment, Tony semble stabilisé même s'il demande vingt fois par jour s'il est bien la Miss Monde Universelle et Internationale... De temps en temps, il parle de la star. « Elle ne me méritait pas ! Elle va aller en enfer ! Elle est impure... » Il sait qu'il doit s'en tenir à bonne distance s'il veut rester en liberté. Quant à son délire mystique, tout le monde (médecins psychiatres, infirmiers, psychologues et ergothérapeutes...) évite de trop gratter. Personne n'est dupe. En dépit d'un traitement, on sait que le délire est là, prêt à surgir, juste endormi par les doses d'antipsychotiques... et personne n'a envie de le réveiller.

La sonnerie de l'interphone retentit. Je décroche.

« Oui, c'est Mademoiselle R. Vous m'ouvrez... J'ai mal aux pieds... Je suis fatiguée... J'ai envie de pisser... Je vous préviens, je vais pas attendre trois plombes... »

À l'entendre, je sais déjà qu'elle s'est fortement alcoolisée. Voix pâteuse, langue lourde. Dans sa bouche, les mots s'embourbent et puis roulent comme de la rocaille.

« J'arrive tout de suite. »

Je laisse Noémie en pleine écoute active. Elle hoche la tête. Elle pratique la reformulation. Elle ponctue le discours de Mademoiselle Camille S. de « Hum... Hum... Hum... » parfaitement empathiques.

« Il y a maintenant six pigeons qui gloussent sur le bord de votre fenêtre et la boule continue de grossir... Hum... Hum... Vous sentez que vous étouffez... Hum... Hum... Je pense qu'il est temps de prendre votre anxiolytique. Ah ! Vous en avez déjà pris trois depuis ce matin... »

Dans le couloir qui mène à l'entrée de l'unité, je croise Gabrielle.

Elle m'interpelle : « C'est Sophie qui est à la porte ? »

Je fais non de la tête.

Gabrielle pousse un soupir et m'emboîte le pas.

Au salon télé, il y a trois patients. D'un coup d'œil, j'en dénombre neuf dans la cour. Quatre autres déambulent dans le couloir. L'unité compte dix-huit patients hospitalisés à plein temps. En sus, nous en avons sept qui sont accueillis uniquement pour la journée et bénéficient des repas, du suivi somatique et psychiatrique, des activités ergothérapiques. Vingt-cinq patients en tout pour deux malheureuses infirmières ; l'une en bout de carrière, l'autre à son commencement.

Je fais un rapide calcul : 3 + 9 + 4 = 16 patients. Il m'en manque donc neuf pour atteindre mes vingt-cinq. Si je décompte Sophie (qui ne viendra plus) et Mademoiselle Danielle R. (revenue pour souffler dans l'alcootest et s'affaler comme un bateau ivre sur son lit), il m'en reste sept à localiser.

Violette me pointe ses trois poils au menton.

Justin, flanqué de son ectoplasme, me salue comme s'il me rencontrait pour la première fois.

Gabrielle me talonne de près pour voir si je ne lui ai pas raconté de bobards.

Au fond de ma poche, je sens mon trousseau de clés.

Ouvrir et fermer les portes.

Surtout garder les portes fermées à clé…

Trente ans que je fais ça.

À force, je suis devenue une vérificatrice. Je vérifie que les portes sont bien fermées. Une ou deux fois. Ce n'est pas vraiment un TOC, juste un besoin de me rassurer, entendre ma petite voix intérieure souffler : « Oui, tu as bien fermé la porte à clé. »

Oublier de fermer une porte est considéré comme une terrible négligence, une faute gravissime qui remet en question votre compétence à exercer en ces lieux et compromet la confiance que vous accorde l'ensemble de l'équipe soignante…

En vérifiant, je me rappelle à moi-même que je suis responsable de toutes ces âmes en souffrance. Je suis une infirmière gardienne de la paix, une garde-malade, une brave soldate qui monte la garde et garantit la sécurité des troupes en déroute cantonnées là.

Je vérifie donc que les portes sont bien fermées à clé…

– Surtout la porte de la pharmacie où sont stockées les tablettes de comprimés multicolores, entreposés les nombreux flacons de solutions médicamenteuses, conservées les précieuses ampoules destinées aux traitements injectables.

– Surtout les portes des bureaux médicaux où sont serrés les dossiers psychiatriques des patients qui contiennent des informations relevant du secret médical.

– Surtout la porte du poste infirmier où sont rangés les dossiers de soins sur lesquels sont notées les observations pluridisciplinaires au jour le jour.

– Surtout les portes des chambres de soins intensifs où sont isolés les patients qui présentent un caractère de dangerosité pour eux-mêmes, pour leur entourage, ou qui manifestent des velléités de fugue.

– Surtout la lourde porte d'entrée.

Toutes ces portes à vérifier et refermer…

Et pourtant, l'unité de soins psychiatriques n'est pas un lieu de détention semblable à une geôle dans laquelle les condamnés purgent leur peine en tuant le temps, non plus un lieu de relégation pareil à ces anciens bagnes coloniaux où l'on expédiait les parias, les bandits de grand chemin, les escrocs, les repris de justice et les assassins de toutes engeances…

Dans le patio, j'aperçois Tony en grande discussion avec Jeannette qui m'a l'air assez excitée. Au passage, j'attrape quelques mots de leur conversation. Il s'agit encore du BHV et de sa mère qu'elle doit retrouver au plus vite. Elle supplie Tony d'aller du côté du BHV afin de rassurer la pauvre femme qui doit s'inquiéter. Tony est une bonne pâte. Il est prêt à rendre service à Jeannette et à faire un détour par le BHV ce soir même. Il demande à Jeannette de lui décrire sa mère. Il explique qu'il sera fatigué parce que c'est le jour de sa piqûre mensuelle, mais qu'il n'est pas du genre à laisser tomber une personne qui se trouve dans le besoin.

« Mon père, dit-il en levant les yeux au ciel dans un mouvement théâtral, mon père le Dieu Tout-Puissant ne voudrait pas que je refuse de rendre un service... »

Jeannette le remercie par une nuée de bisous sur les joues et s'écrie : « Moi, j'aime pas les piqûres ! T'es courageux... »

Tony rectifie : « CourageuSE ! » Et il éclate de rire. « Tu oublies que je suis une femme : Miss Monde Universelle Internationale ! »

J'ai beaucoup appris à Villejuif, aux côtés des vieux infirmiers à lunettes et barbichette, des solides infirmières un peu rugueuses qui ne me voyaient pas tenir la semaine.

Tout au long de ces années passées dans les hôpitaux psychiatriques, je n'ai cessé d'apprendre...

J'ai appris la patience et l'humilité, la rigueur et l'observation, la compassion et l'écoute silencieuse.

J'ai appris à survivre dans ces espaces de fragilité absolue.

J'ai appris à retenir, précipiter, fragmenter le temps.

J'ai appris à modifier la couleur des atmosphères.

J'ai appris à tourner les pleurs en rires, les silences en bouquets de paroles, les cris en murmures chatoyants.

J'ai appris à pacifier des Titans, à amadouer des reines acariâtres et déchues, à apprivoiser de bien tristes sires.

J'ai appris à prendre des coups, à recevoir des jurons de toute facture, à supporter la folie ordinaire, son cortège de désagréments.

J'ai appris sur le tas, les défaites, les pertes, les deuils, les ruptures, les renoncements.

Face au cataclysme quotidien, j'ai appris à sourire de mes petits dérangements.

Mais auparavant, j'ai appris à faire des piqûres…

La première injection intramusculaire est comme un baptême de l'air. Un vertige vous saisit. On ne peut plus reculer. Il va falloir y aller. Se lancer. Sauter dans le vide.Planter cette satanée grosse aiguille prolongée d'une énorme seringue dans le quart supéro-externe de la fesse de Monsieur ou Madame X. et injecter sans trembler la dose prescrite.

Il s'agit pratiquement d'un rituel d'initiation. Dans ce genre de cérémonie, on utilise en général des instruments sacrés et des engins barbares pour percer, brûler ou marquer la chair de façon spectaculaire. On verse toujours le sang. C'est à ce moment qu'on intègre le groupe, que celui-ci déclare qu'il vous accepte en son sein.

Trois mois que j'attends ce jour. À l'école d'infirmières, j'ai répété plus d'une fois les gestes d'hygiène et d'asepsie. Je maîtrise assez bien mes tremblements. Je sais ponctionner le produit et placer mes doigts sur le corps de la seringue, manœuvrer le piston. J'ai bien localisé le site d'injection.

Encadrée de trois infirmières, je nettoie et prépare mon plateau avec soin. J'ai dit que je sais comment procéder, mais l'une d'elles – Marie-Claude – tient à m'expliquer de nouveau toutes les étapes de la préparation de l'injection. Sous les regards croisés et vigilants des infirmières diplômées, je vis ce moment dans une intensité mémorable. Je vais bientôt accomplir un acte décisif qui – sans prétention – m'intronisera quasiment dans mes nouvelles fonctions : infirmière.

Objets mythiques… Le stéthoscope est l'instrument fétiche du docteur, le scalpel est la lame magique du chirurgien, la fraise est l'outil redouté du dentiste et la seringue est l'arme fatale de l'infirmière…

Je me souviens…

Il y a trente ans de cela…

En ce temps-là, il y avait encore des aiguilles réutilisables que l'on faisait bouillir dans des casseroles ou qu'on stérilisait au Poupinel. Souvent, les pointes des aiguilles étaient altérées, émoussées. Les seringues de verre étaient marronnasses. Les casseroles cabossées et entartrées. Tout ce matériel faisait penser à l'attirail de quelque apothicaire douteux ou fée malveillante. Bref, avec mon escorte, je quitte la pharmacie. Nous ressemblons à une délégation de prêtresses toutes de blanc vêtues. Je marche en tête de la procession. Je tiens le plateau à deux mains comme s'il contenait de précieuses reliques. Les patients s'écartent respectueusement à notre passage. Je traverse le couloir pour me rendre au chevet de Madame X. Je l'ai prévenue un peu plus tôt. Elle m'attend dans sa chambre, allongée sur son lit. C'est ma première injection. Je suis un peu raide aux épaules et mon sourire est crispé.

« Je dois d'abord prendre votre tension artérielle, madame.

– Vous êtes qui ? » Elle me dévisage d'un air méfiant. Puis elle regarde les trois infirmières et semble attendre une réponse de leur part.

Micheline répond que je suis Gisèle, l'élève infirmière du service.

Je balbutie mon nom.

Madame X fait un bond dans son lit et se met à hurler.

« Je veux pas la négresse ! Pas la négresse ! Pas la négresse ! »

Il y a un moment de stupeur collective. Dans mon souvenir, le temps se fige soudain. Et puis je crois que les infirmières me repoussent vers la porte, me demandant à mi-voix de quitter la chambre. Je suis effondrée.

Manger Bambi

Quand j'ouvre la porte de l'unité, Mademoiselle R. est accrochée au chambranle et tangue comme si elle se trouvait à bord d'un canot pris dans la tempête. Je sais déjà qu'il n'est pas l'heure de lui adresser la moindre remarque sur son alcoolisation. Elle n'est pas en état d'entendre quoi que ce soit. Le plus bref commentaire de ma part ne fera qu'attiser son humeur belliqueuse.

« Quoi ? » Elle est déjà sur la défensive, parée à me voler dans les plumes.

« Je n'ai rien dit.

– Alors pourquoi vous me regardez avec cette tête de débile ! »

Je garde le silence. Je ne vais pas répondre à la provocation.

Elle me bouscule en passant.

Je referme la porte derrière Mademoiselle R.

« Faites chier… », murmure-t-elle.

Je croise le regard perplexe de Gabrielle. Dans ses yeux, il y a une question et un constat. « Comment se fait-il que vous ne lui dites rien à elle ? » et : « Y en a qui font ce qu'ils veulent et d'autres qui doivent marcher à la baguette… »

Avant de faire l'injection de Tony, je vais me poser dans la cour. C'est le printemps. La lavande est en fleur et embaume. Un petit vent frais coiffe les cheveux des femmes installées en cercle autour d'une table de jardin. J'ai le temps. Je vais m'asseoir avec elles.

Généralement, lorsqu'un soignant se joint aux patients, en ces moments creux d'après-goûter et d'avant-dîner, il est accueilli avec amabilité. Le soignant n'est pas vécu comme un intrus, bien au contraire. L'heure est à la langueur, à l'attente. Une sorte d'entracte. On se satisfait des petits riens qui viennent effriter les heures. Dans ce moratoire, il n'y a pas d'enjeux, pas de spectacle, pas de prise de pouvoir, pas de démonstration. On cause ou pas. On rumine intérieurement. Entre patients, on soupèse les malheurs des uns et des autres. On dit : « Bah ! » Et puis on soupire. On opine dans des pensées intimes. On grille une cigarette. On fait : « Ouais ! » à celui qui déblatère, juste pour qu'il se sente écouté. Même si on ne comprend pas son discours, on fait : « Ouais ! » Et puis on regarde se consumer une allumette. On pousse de la pointe du pied un caillou, un mégot. On fixe un arbre comme s'il possédait, caché dans son feuillage, la clé d'un grand mystère.

Oui, d'expérience, je sais que les patients apprécient cette présence infirmière parmi eux, hors les murs, sous les arbres de la cour. Prévenant, quelqu'un avance une chaise. Les autres ouvrent le cercle d'une manière conviviale. Ils sourient, proposent une cigarette. Ils savent qu'à ce moment-là l'infirmière choisit de venir à leur rencontre. Elle ne parlera pas de médicaments ou de piqûre, ou de tout autre sujet délicat et urticant. Elle n'est pas motivée par un intérêt et ne vient pas à la pêche aux informations pour remplir un dossier social. Quand l'infirmière s'assoit parmi eux, elle certifie sans paroles qu'ils ne sont pas des pestiférés, des intouchables d'une caste inférieure, des âmes bannies du genre humain. Bien au contraire, venant à leur rencontre, elle signifie qu'elle apprécie leur compagnie. Elle est avec eux, assise là, comme une personne ordinaire parmi des gens ordinaires qui attendent le train, sur le quai d'une gare. Du même coup, elle montre son humanité. Non, elle n'est pas qu'une machine, un robot, un être supérieur, une icône de carton-pâte et de stuc, une grande prêtresse, une méchante sorcière, une dame qui dit toujours non, une marâtre, une sombre messagère, un rabat-joie, une rapporteuse qui raconte tout aux médecins, une grande bêtasse qui se prend pour la patronne, une mocheté…

Bien malgré moi, en m'essayant, je souffle et je dis : « Je suis fatiguée…

– Vous travaillez dur, faut vous reposer ! lance Madame Ginette tellement compatissante.

– Quand est-ce que vous partez en vacances, mademoiselle Gisèle ?

– Oh ! C'est loin. Dans trois mois !

– Vous allez dans votre pays, la Guadeloupe ?

– Vous en avez de la chance ! Là-bas c'est le Paradis ! s'exclame Violette.

– Eh oui ! Je vais voir ma maman. Je vais décompresser un peu…

– C'est beau, la Guadeloupe. J'y suis allée une fois quand je travaillais encore. J'étais logée dans un hôtel à Sainte-Anne. La mer était d'un bleu extraordinaire…

– Elle a quel âge votre maman ? demande Louise.

– Plus de soixante-dix ans…

– Ben, faut y aller avant qu'elle meure.

– Ça passe vite, la vie…, murmure Violette.

– Oh oui ! Ça défile…, enchaîne Mademoiselle Ginette.

– Arrêtez ! On va tous déprimer ! » s'écrie Mademoiselle J. en roulant des yeux. Elle pouffe de rire et reprend : « Qu'est-ce qu'on mange de bon à la Guadeloupe ? En bas de chez moi, y a un restaurant antillais. J'aimerais bien y aller, un jour, quand je sortirai, mais je ne sais pas quoi choisir… Qu'est-ce que vous me conseillez ?

– Essayez le lambi, c'est mon plat préféré…

– Bambi !

– Vous mangez des bambis à la Guadeloupe !

– Non, le lambi. »

Tout le monde rigole.

« C'est quoi, le lambi ? fait Louise.

– Un genre de mollusque…

– Berk ! Me dites pas que vous mangez des sauterelles et des chenilles comme les gens d'Afrique…

– Pas encore… Un jour, peut-être… »

Mademoiselle J. éclate de rire. Les autres se marrent aussi. Je souris. Pendant quelques instants, j'oublie Sophie. J'oublie les policiers. J'oublie que Gabrielle attend Sophie qui était censée lui rapporter son paquet de cigarettes cet après-midi. J'oublie que Mademoiselle R. est revenue alcoolisée et qu'il sera difficile de l'aborder avant le dîner…

Je connais déjà toute l'articulation de sa défense. Pour commencer, Mademoiselle Danielle R. choisit toujours l'attaque. Elle me dira qu'elle est enfermée contre sa volonté et qu'on est venu la chercher chez elle. Ensuite, elle arguera qu'elle aime boire et qu'elle veut crever… « C'est mon droit ! Je suis libre. Si j'ai envie de mourir alcoolique, c'est mon problème. Je bois depuis que j'ai onze ans, qu'est-ce que vous voulez que je vous dise ! Mon grand-père était un pochetron, mon père passait plus de temps à faire le pilier de bar qu'à gagner sa croûte à l'usine. Ma mère descendait ses trois bouteilles de rouge par jour… C'est mon destin, merde. Je suis née dedans… Comment je peux vous faire comprendre ça ! Vous êtes bouchée ou vous faites exprès de passer pour une crétine ? On peut rien y faire… Je bois et j'ai pas envie d'arrêter… Qu'est-ce que ça peut vous foutre que je crève ? Non, je soufflerai pas dans votre putain de ballon… » Elle essayera de m'attendrir, de me culpabiliser : « Si je bois, c'est que je suis déprimée. C'est votre faute. Ça fait trop longtemps que je suis enfermée. C'est à cause de vous que j'ai perdu mon travail et mon studio. J'étais bien autrefois… J'ai plus rien par votre faute… À ma place, vous aussi vous seriez déprimée, pas vrai… » Et puis elle me fera le chantage au suicide : « Me dénoncez pas au docteur, s'il vous plaît… Si vous lui racontez que je suis revenue complètement soûle, il me sucrera mes permissions d'après-midi. Si je peux plus sortir, je me suicide… Je suis claustrophobe, j'ai besoin d'air, j'étouffe ici… comme si j'étais en prison… » Pour finir, Mademoiselle R. essuiera une larme, tentera la séduction : « Je vous aime bien. Vous êtes la plus gentille des infirmières. Me trahissez pas, s'il vous plaît, mademoiselle Gisèle… Me privez pas de mes petites sorties. Je ferai attention la prochaine fois… Je me laisserai pas tenter… Je vous promets de plus recommencer… »

Non, l'hôpital psychiatrique n'est pas un lieu de détention, quoi qu'en pensent certains patients, certains parents, certaines autorités politiques.

Non, l'hôpital n'est plus l'asile-hospice qu'a découvert Monsieur Pussin en 1771.

Non, l'hôpital psychiatrique n'est pas un mouroir qui ne fait rien d'autre qu'espérer la mort des fous.

Non, l'hôpital psychiatrique n'est pas une terre de relégation semblable à l'île du Diable.

Non, l'hôpital psychiatrique n'est pas un hôpital ordinaire…

Ailleurs, on soigne le corps, les matières molles, les humeurs, les organes, les os, la chair, le sang…

Ici, on approche l'inconnu à toute heure.

Ici, on découvre jour après jour les forces mystérieuses de l'esprit.

Les infirmiers et les infirmières sont détenteurs de clés. Ils ouvrent et ferment des portes. Ils veillent sur un territoire sans cesse menacé par des ennemis invisibles. Ils accueillent des humains qui perturbent l'ordre public et sont repoussés dans la marge. Ils entrent en relation avec des êtres bizarres, étrangers à eux-mêmes, navigateurs solitaires, collecteurs de rêves, passants déboussolés, voyageurs de l'infini, marcheurs impénitents, poètes maudits... Ils conversent avec des gens qui perçoivent une réalité déformée, machiavélique, tourmenteuse. Ils affrontent parfois des monstres imaginaires, des messagers divins, des zombis sortis de la quatrième dimension, une Miss Monde Universelle Internationale fille de Dieu...

Ici, on tente de soigner, de soulager, d'accompagner... On n'a pas de grande prétention. On ne se fait guère d'illusions. Mais on se bat pour l'humanité et ce combat n'est jamais vain. On se cogne à des aspérités. On pénètre des ouates nauséeuses. On escalade des strates sans mémoire. On débouche sur des grottes. On visite des gouffres...

On sait qu'il faudra du souffle et du cœur.

On sait que le combat peut durer toute une vie.

On sait qu'ici rien n'est jamais acquis. Il faut s'y faire. Et on doit composer avec les familles épuisées qui supplient : « Gardez-le cette fois-ci ! Ne le faites plus jamais sortir ! Gardez-le à vie ! On est à bout ! Il a failli nous tuer ! Il nous en veut ! On a peur ! Enfermez-le ! »

On sait que les voix intérieures sont pareilles à des sangsues insatiables qui ne lâchent pas prise et ont soif, toujours soif… Si seulement on trouvait une recette pour décrocher leur méchante ventouse buccale… Si seulement les chercheurs de tous bords inventaient une molécule miracle capable de rendre la raison aux grands psychotiques… Si seulement les délires disparaissaient comme par enchantement…

On sait que les patients ne veulent pas toujours être soignés parce qu'ils ne se sentent pas malades. Souvent, ils n'existent plus que par leur délire. Ils adhèrent au monde de manière fugace. Ils s'en éloignent petit à petit… On doit souvent contraindre les patients, les contenir, leur injecter de force des substances sédatives, les épier lorsqu'ils avalent leur traitement buvable, jusqu'à les infantiliser. On doit les amadouer. On doit ruser, négocier, parlementer, marchander, jouer la comédie, théâtraliser… En même temps, on doit gagner leur confiance, au fur et à mesure.

On sait aussi que les voisins veulent se débarrasser de ces gens dangereux qui habitent leur immeuble. « Il parle tout seul quand je le croise dans l'escalier ! Ça pue chez lui ! Elle pousse des cris au milieu de la nuit ! Il entasse des poubelles devant sa porte ! Il m'a menacé ! Il fait du bruit ! Elle est bizarre ! J'aime pas la façon dont il regarde mes enfants… Il fait peur à tout le monde… Faut l'enfermer ! » On doit aussi discuter avec le voisinage.

On sait que la tentation est grande de marginaliser toujours un peu plus les malades mentaux, les abandonner à eux-mêmes, les confondre avec les exclus de tout acabit.

On sait que les politiciens de la nouvelle vague œuvrent pour le tout sécuritaire. Ils ont fait des promesses à leurs électorats. Enfermer *ad vitam aeternam* les malades mentaux... Les obliger à porter un bracelet électronique permettant de les localiser à tout moment... Les ficher sur le plan national... Bâtir des hôpitaux-prisons, de grands paquebots clos à l'écart des villes et du monde civilisé, des camps de concentration de malades mentaux...

Non, le but ultime n'est pas l'enfermement pur et simple. L'objectif est le soin et la perspective – toujours fragile – d'une réinsertion sociale. Avec le peu de moyens, le peu d'outils, le peu de personnel... Chaque jour, tendre vers cette promesse...

L'infirmière en hôpital psychiatrique sait qu'elle prend des risques tous les jours. Elle est exposée, vulnérable.

J'ai fait des cauchemars en pensant aux infirmières de Pau : Lucette Gariod (quarante ans) et Chantal Klimaszwski (quarante-huit ans), toutes deux tuées à l'arme blanche en décembre 2004, à l'hôpital, dans leur service.

Dans ma carrière, j'ai moi-même été agressée quelquefois, physiquement ou verbalement, et toujours par des patients hallucinés qui me prenaient pour quelqu'un d'autre…

Enceinte, j'ai reçu un violent coup de pied dans le ventre. Et puis, un autre jour, une gifle… Une fois, une patiente m'a donné un coup de poing sur la tête. Une autre m'a envoyé à la figure un gobelet de Largactil et Nozinan. On m'a tordu l'index de la main droite. On m'a balancé une chaise à la tête, une fourchette dans le dos, un seau d'urine dans les jambes…

J'ai vu un patient tenter d'étrangler une jeune stagiaire. J'ai assisté et participé à de multiples combats entre infirmiers et patients, pour une piqûre, la pose de bracelets de contention, une réintégration en chambre de soins intensifs. J'ai vu un malade armé d'un lance-pierres mitrailler les soignants. J'en ai vu un autre cracher à la figure d'un surveillant. J'ai vu courir une infirmière poursuivie par un psychotique qui brandissait une longue antenne arrachée à une voiture. J'ai vu un patient décrocher le téléviseur fixé au mur et le projeter sur un groupe d'infirmiers. J'ai vu valser des tables. J'ai vu voler des blouses blanches. J'ai vu couler le sang…

Les petits jardins d'abondance

Tension artérielle : 12/7.

Il est dix-huit heures pile. Je fais l'injection mensuelle de Tony. Debout dans la pharmacie, il me présente sa fesse gauche en roulant des yeux de velours. Certains patients préfèrent s'allonger sur un lit pour leur piqûre, mais Tony a toujours opté pour la verticalité bien qu'il se tienne légèrement déhanché, la main sur le côté, à la manière d'une vraie femme.

J'injecte le produit… Doucement… Tout doucement…

« Respirez, Tony ! C'est bientôt terminé…

– J'ai même pas mal. Vous savez, mademoiselle Gisèle, j'ai pas peur des piqûres. Je sais que c'est pour mon bien. Après je suis tranquille. Je vis ma vie sans problème dehors… »

Voilà, c'est fini. Je jette la seringue munie de son

aiguille souillée dans le petit conteneur jaune destiné à cet effet.

Une goutte de sang sur le carré de coton. Un pansement.

Je note immédiatement que l'acte infirmier a bien été exécuté ce jour. Je paraphe. Je programme la prochaine injection et j'inscris la TA : 12/7. Je ne manque pas d'indiquer le comportement du patient.

Tony remonte son jean en me regardant fixement.

« On vous a déjà dit que vous avez des doigts de fée… Magique !

– Pas toujours… »

Il tient sa tête penchée d'un côté. Me sourit, séducteur (trice…).

« Est-ce que je suis votre patiente préférée ?

– Vous savez bien que je ne fais pas de préférence. Je dois m'occuper de tout le monde… Ah ! avant que je n'oublie… Vous rentrez directement chez vous après le dîner ?

– Bien sûr ! »

Je considère Tony d'un petit air suspicieux.

« Vous n'avez pas l'intention d'aller au BHV par hasard ? »

Tony plaque ses deux mains sur les côtés et secoue la tête en levant les yeux au ciel. Et puis il se met à rire. D'abord son rire est un gloussement retenu empli de vibrato. Ensuite, il se transforme en gentil roucoulement ponctué de notes perchées haut. En final, il enfle et déborde pareil à un grand tintamarre. Tout le corps de Tony est mis en mouvement par ce rire et je pouffe de rire à mon tour.

« Qu'est-ce qui se passe, Tony ? Pourquoi vous rigolez comme ça ? J'ai une tête de comique…

– Infirmière, je ne veux pas vous manquer de respect… Mais je crois bien que vous me prenez pour un gogol ou quoi ! Je gobe pas n'importe quoi quand même. Je sais bien que la pauvre mère de Jeannette est morte et enterrée depuis longtemps. Tout le monde sait que Jeannette gnognotte du ciboulot. Mais vous savez, je suis une femme de cœur, moi. Je voulais pas lui faire de peine à Madame Jeannette. Devant Dieu, je la considère comme ma grand-mère. Je veux pas qu'elle ait du chagrin. Elle est pas méchante, vous savez. Et ça lui fait plaisir que des gens entrent dans son délire… Bien sûr que je n'irai pas au BHV ce soir, je suis pas timbrée… Mais, franchement, en me regardant droit dans les yeux, vous avez cru que je serais allée au BHV ce soir ? Moi, Tony, la Miss Monde Universelle Internationale ! Franchement, vous êtes une vraie marrante, vous alors… »

Je hoche la tête.

Ce monde est vraiment surprenant.

Tony a parfaitement circonscrit le délire de Jeannette, mais il est incapable de se défaire de la perception erronée qu'il a lui-même de la réalité. Si, de manière frontale, je lui dis qu'il n'est pas une femme, encore moins une Miss Monde Universelle Internationale, il se fâchera et coupera le lien ténu qui nous met en relation. Si j'ose lui affirmer qu'il n'est pas la fille de Dieu et la sœur de Jésus-Christ, il cessera net de s'entretenir avec moi.

En fait, chacun cultive son délire comme un jardin clos planté d'arbres extraordinaires qui donnent des fruits en toutes saisons. Dans ce jardin, il y des fleurs gigantesques aux parfums chimériques, des oiseaux radoteurs, des animaux qui parlent entre eux de l'enfer et du Paradis et sont semblables à ceux qui peuplent les toiles des peintres naïfs haïtiens. Il y a des djinns et des elfes, des démons et des sirènes. Il y a des enfants perdus, des femmes aguichantes, des vieillards retombés en enfance. Il y a – croit-on –, pendus aux branches des arbres de ces jardins, toutes les réponses, tous les modes d'emploi, toutes les notices explicatives…

Il existe toutes sortes de délires…

Délire de grandeur, de persécution, de jalousie.

Délire d'eau douce et d'eau salée.

Délire métaphysique, mystique, algébrique.

Délire hypocondriaque. Délire de couleur, d'odeur, de saveur.

Délire de physique quantique et de commerce triangulaire.

Délire enkysté, enraciné, fossilisé, pétrifié, cristallisé.

Délire tache d'encre et vieilles dentelles.

Délire de filiation, race et classe.

Délire à mécanismes, engrenages et rouages compliqués.

Délire de noces et banquets. Délire de grossesse et accouchement.

Délire inébranlable, coulé dans le bronze.

Délire d'or et pierres précieuses.

Délire à bretelles. Délire à ficelles. Délire à nacelles.

Délire pseudo-logique, organisé, systématisé.

Délire flou, dépenaillé, désarticulé.

Délire poubelle, vide-greniers, immondices et antiquités.

Délire chronique, fulgurant, lancinant…

Qui délire ? Qui ne délire pas ?

Un jour, une jeune interne en psychiatrie apprend que je suis écrivain et que mes livres sont publiés, traduits en diverses langues et que je suis même invitée à la télévision dans des émissions littéraires. Elle me fait des ronds de jambe, m'interroge sur le petit monde fascinant des auteurs. Elle me déclare qu'elle a raconté à tous ses amis qu'elle connaît une romancière. Elle dit qu'elle me trouve simple et accessible, d'agréable compagnie, toujours souriante et lumineuse. Elle m'admire. Bref, elle se précipite dans une librairie et demande un livre de Gisèle Pineau, n'importe lequel. On lui propose *L'Espérance-Macadam.* « J'ai hâte de le dévorer ! » me dit-elle. Je tente de la mettre en garde : « Le sujet est un peu dur et… » Elle hausse les épaules et affirme que – me connaissant – elle sait d'avance qu'elle se régalera. Las, il s'agit de l'un de mes romans les plus sombres où les cadavres sont légion, les scènes de meurtres et de viols décrites au plus près. Quelques jours plus tard, cette même jeune femme confie à l'une de mes collègues qu'elle a détesté mon bouquin. Elle en a trouvé l'univers déplaisant, oppressant, étouffant, délirant… Elle n'en revient pas. « Je n'arrive pas à croire que c'est Gisèle qui a pu écrire de telles horreurs. Ça ne lui ressemble pas du tout. Son histoire est monstrueuse. » Traumatisée, choquée, déboussolée, elle a refermé l'ouvrage telle une boîte de Pandore. Du jour au lendemain, elle me regarde autrement, m'observe à la dérobée comme si j'étais une personne un peu trouble – à deux visages – dont il faut se méfier. Elle ne m'adresse plus jamais la parole. À ses yeux, je suis devenue une sorte de Docteur Jekyll et Mr Hyde, ou le Frankenstein de Miss Mary Shelley déguisé en gentille infirmière… ou tout autre personnage de roman…

Pendant mes études d'infirmière, j'ai continué à écrire. Si j'avais abandonné sans réelle douleur mon projet d'enseigner les lettres, je n'avais pas pour autant renoncé à l'écriture. J'ai obtenu mon diplôme d'infirmière en 1979. Je suis partie à la Guadeloupe en 1980. J'ai exercé vingt ans durant mon métier à l'hôpital psychiatrique de Saint-Claude, de nuit et de jour. Je me suis mariée et j'ai eu des enfants. En 2000, j'ai divorcé et je suis revenue vivre dans la région parisienne. Je travaille depuis neuf ans à l'hôpital Esquirol de Saint-Maurice. Les années ont passé. J'ai vécu en parallèle ma vie d'infirmière et ma vie d'écrivain. Au fil du temps, j'ai fini par retenir l'attention d'éditeurs et j'ai vu mes histoires publiées dans des livres. Je suis infirmière et écrivain. Selon le Petit Larousse, je suis une *personne qui compose des ouvrages littéraires* et est *habilitée à assurer la surveillance des malades et à les soigner sur prescription médicale*. Je compose et je surveille, c'est sûr. Est-ce que je soigne vraiment mes patients ? Oui, dans le sens où je m'en occupe avec une attention toute particulière. Non, si je prodigue ces soins en visant une guérison certaine…

Mes lecteurs sont toujours surpris de la juxtaposition de ces deux activités. S'ils n'ont pas lu ma biographie, la plupart imaginent que je suis professeur de lettres à l'université. À l'occasion de rencontres littéraires, apprenant que je suis infirmière, ils ouvrent de grands yeux, sont soudain très admiratifs. Ils disent : « C'est dur ! » Et ils pèsent sur le mot « dur » avant de me dévisager comme une Mère Teresa de la littérature. Ensuite, ils sont curieux de connaître la façon dont je m'organise pour écrire, après mes « dures » journées de travail. Je raconte ma vie… « Je me lève, je me prépare un thé et je me plante devant l'écran de mon ordinateur. J'écris toute la matinée car je prends mon service à l'hôpital à treize heures trente. Je termine à vingt et une heures… » Je parle de discipline de fer et de rigueur et de concentration… Je décris les rouages de l'écriture, mes petits rituels, mes divagations, mes délires, mes angoisses, mes obsessions d'auteur… J'évoque les liens étranges et passionnés qui m'attachent à mes personnages d'encre et de papier. Et puis je reviens à la réalité, aux personnes de chair et de sang qui peuplent les hôpitaux psychiatriques… Je dis que ce métier d'infirmière équilibre ma vie, me permet de ne pas m'échapper dans un monde virtuel, de garder le contact avec le réel… Je raconte quelques anecdotes… Un jour, un de mes patients me dit : « Gisèle, je vous ai vue à la télévision hier soir, vous étiez assise à côté d'un monsieur à longue barbe… Comme vous parlez bien de vos livres ! Quand est-ce que vous m'en offrez un ? » Je souris à mon patient et je m'apprête à lui répondre lorsque son regard se fige soudain. Il me fixe durement et me demande, sans rire : « Je vous ai vue, je vous ai même fait des signes, mais vous ne m'avez jamais regardé ! Vous m'avez pas vu ? » Je finis par confier à mes lecteurs – et je le pense au plus profond de moi – que, si je n'avais pas eu l'écriture, j'aurais pu moi-même être atteinte d'une « affection psychiatrique », comme on dit maintenant pour ne pas éveiller les images des fous, déments, insensés, aliénés d'antan…

Je suis convaincue que l'écriture m'a sauvée du pire. J'ai eu de la chance. Enfant, j'étais une poupée de chiffon emportée par les eaux furieuses d'une rivière. L'écriture a été comme une branche qui m'a accrochée à la rive. Écrire m'a longtemps permis de mater mes fantômes. En les jetant sur le papier, j'en ai démasqué plus d'un qui pensait me dévorer de l'intérieur. Je les ai terrassés, dépecés, décortiqués, autopsiés, inspectés, examinés, éviscérés, disséqués, désossés… J'ai parfois écrit la vie intime de quelques-uns de mes fantômes. J'ai écrit sous leur dictée, avec la cendre, la boue et le sang.

À leur demande, j'ai fini par en apprivoiser un certain nombre, comme le renard du *Petit Prince* de Saint-Exupéry.

Si tu m'apprivoises nous aurons besoin l'un de l'autre.
Tu seras pour moi unique au monde.
Je serai pour toi unique au monde…

Je ne les crains plus.

Nous avons créé des liens.

Ils ont bien vieilli à présent.

Ils sont pareils à de très vieux chats édentés aux griffes émoussées.

J'écris encore avec le ronron de leurs voix et tous leurs ramages.

J'écris dans les sentes des idées qui sinuent en moi. Je transcris les pensées qui m'assaillent à toute heure. J'écris la ruine et les fuites en avant, les désolations intérieures. J'écris furieusement comme une rivière creuse son lit. J'écris pareille à une lourde bête de labour traçant son sillon dans un sol aride. J'écris tel le vent qui souffle sans fin et charrie en vrac les parfums et les pestilences…

J'écris pour répondre à l'écho.

J'écris pour emplir les jours.

J'écris pour voyager la nuit comme les esprits.

Un jour, un psychiatre de mes amis m'a affirmé que l'écriture était une activité fréquente chez les grands psychotiques.

Est-ce qu'écrire est une manière élégante et transversale de délirer ?

Délirer (lat. *delirare*, s'écarter du sillon ; de *de*, hors de, et *lira*, sillon), Nouveau Larousse illustré.

Est-ce que la réalité du monde est si dure à supporter qu'un certain nombre d'entre nous préférons – ou sommes contraints – de sortir du sillon pour nous réfugier dans ces délires – sortes de petits jardins fantastiques qui donnent à profusion ?

Dans toute ma carrière, j'ai connu nombre de patients souffrant de délires. Souvent, l'ordinaire de la télévision les terrorise, avalisant et donnant matière à leurs troubles. Quand la petite lucarne vomit son grand show planétaire, ils reçoivent les nouvelles du monde en pleine tête. Les images sont anxiogènes au possible. La guerre est filmée avec intensité. On voit des bus explosés, des immeubles effondrés, des enfants estropiés, ensanglantés, éborgnés… On parle d'attentats, de menaces terroristes, de guerres de religion… Le présentateur du journal télévisé s'adresse directement à eux, lui-même meurtri par la grande chaîne des catastrophes qu'il doit débobiner en moins d'une demi-heure. Cet homme-tronc qui a parfois une tête de babiroussa les connaît bien puisqu'il s'invite tous les jours dans leur intimité. Il les met en garde. La barbarie est à votre porte... Il les désigne en tant qu'élus ou missionnés. Il les mandate. Il communique avec eux par télépathie. Les messages transitent par le tube cathodique et sont transmis de manière extrasensorielle au cerveau. Certains patients viennent de pays en guerre. D'autres ont fui la terreur, la dictature, la misère, la persécution ethnique ou raciale... D'autres encore ont embarqué sur une coque de noix. Ils ont survécu à mille tempêtes. Comme de très vieux coquillages polis et usés par la mer, ils ont échoué sur une plage d'Europe... D'autres ont traversé des déserts de sable et de roches à l'arrière d'un pick-up. Ils ont survécu. Ils ont cru ou voulu faire table rase du passé. Ils sont arrivés entiers et c'est ce qui compte. Ils vont apprendre la langue du nouveau pays. Ils vont trouver un travail. Clandestins sans papiers ni logis. Ils vont rencontrer la solitude mais l'ignorent encore. Ils veulent tout oublier de leurs odyssées. À quoi bon en parler ? Ils sont seuls ou entourés de leur famille, exilés, traumatisés par les souvenirs qu'ils ont ramenés un peu en fraude, bagages encombrants. La plupart sont des taiseux qui ressassent en silence, revivent, en serrant les dents, inlassablement, les nuits de bombardements, le spectacle de boucherie humaine, des visions de viols, pendaisons, décapitations, apocalypse...

La seule issue : le petit jardin hors du sillon. Le petit jardin qui promet la paix après la tempête.

Bien évidemment, tous mes patients hallucinés et délirants n'ont pas connu l'exil, la guerre, le génocide de leur peuple, la faim, la prison, la dictature, la torture, le viol, la déportation, la misère…

Cependant, en ce monde, se livrent des guerres invisibles sans canons ni état-major. Il y a des champs de bataille dont on ne parle pas à la télévision. Il y a des espions travaillant pour les services secrets dont personne ne cause. Il y a des voisinages à la solde de l'ennemi. Il y a des extraterrestres qui s'infiltrent dans la population et vous implantent des puces électroniques dans le cerveau. Il y a des agents du gouvernement qui posent des micros chez vous. Il y a votre conjoint qui prépare un attentat et que vous avez le devoir d'aller dénoncer à la police. Il y a tous ces badauds malfaisants, vampires et empoisonneurs qui vous épient tout au long du jour…

Non, hors du sillon – en ces petits jardins d'abondance – tout n'est pas rose. Les graines que vous mettez en terre finissent par produire des espèces monstrueuses et des essences gigantesques, des plantes carnivores comme le népenthès ou la dionée attrape-mouches ou attrape-rêves, des feuillages et des racines toxiques, des arbres pieuvres, des saules pleureurs…

Un jour, le gentil jardinet se transforme en forêt et vous prenez peur. Les tiges volubiles prolifèrent et menacent de vous étrangler.

Un jour, vous êtes happé tout entier par une sorte de tornade. Quand vous ouvrez les yeux, vous vous trouvez en une autre contrée, hostile et inconnue. Là vous êtes en grand danger. Vous manquez d'air. Vous hurlez mais personne ne vient vous secourir. Vous appelez les pompiers. Et puis vous mettez le feu pour détruire les créatures qui peuplent les lieux. C'est sûr, elles ont dans l'idée de vous dévorer. Vous envisagez de vous jeter par la fenêtre dans l'espoir de leur échapper. D'ailleurs, des voix vous y encouragent, vous assurant de ressusciter si vous mourez par accident.

Un jour, de bonnes âmes décident de vous envoyer à l'hôpital psychiatrique, pour vous faire soigner…

Trois poils au menton

Il est dix-huit heures vingt.

Les policiers sont venus. J'étais en train de fermer à clé la porte de la pharmacie quand ils ont sonné. Je crois que Noémie tremblait un peu comme si elle risquait d'aller en prison. Nous les avons reçus dans le bureau de la surveillante. Ils sont restés à peine dix minutes pour l'interrogatoire. Ils nous ont demandé de décrire Sophie R. L'air grave, celui qui devait être le chef a précisé qu'ils avaient besoin de ces renseignements supplémentaires pour l'identification. Je suppose que le corps qu'ils ont trouvé sous le métro était dans un sale état.

« Mademoiselle R. était-elle autorisée à quitter l'établissement ?

– Oui, elle était en HL… en hospitalisation libre.

– Il ne s'agit donc pas d'une fugue ?

– Non…

– Comment était-elle habillée lorsqu'elle est sortie ?

– Elle portait un pull rouge et un pantalon noir, a répondu Noémie.

– Signes particuliers ? Tatouages, cicatrices…

– Ses talons… Elle a eu des escarres aux talons. Ça a laissé des traces, de la corne très dure… Ses talons étaient tout rognés… »

L'un des policiers a pris note.

« Et sa dentition… Il lui manquait une incisive. Ses dents étaient très abîmées.

– Elle avait également une cicatrice sur le dos de la main, s'est souvenue Noémie. Ça faisait comme un V. Et une grosse bague verte… »

Les policiers se sont regardés bizarrement. Ils n'ont rien écrit. Je me suis dit que Sophie avait dû avoir les mains broyées.

« Elle était allée chez la coiffeuse la semaine dernière. Elle avait des mèches auburn et noires. »

Le policier a hoché la tête et inscrit cette nouvelle information.

« Avez-vous trouvé une lettre, un mot ?

– Non, rien du tout…

– Bon, officieusement, vu les éléments en notre possession, on peut vous dire qu'il s'agit bien de Mademoiselle Sophie R. On appellera la famille pour l'identification du corps. »

Je note le passage des policiers sur le dossier de soins de Sophie. Noémie a déjà informé la surveillante de garde qui a prévenu le PH – praticien hospitalier – d'astreinte.

Il est dix-huit heures trente. C'est l'heure de la distribution des médicaments.

Noémie bâille. Elle dit : « Je me sens vidée, complètement lessivée. »

Au même moment, Gabrielle pousse la porte du bureau infirmier et s'assoit face à moi.

« Elle est où, Sophie ? » L'abord est incisif.

« Pour l'instant, je ne sais pas.

– Il lui est arrivé quelque chose. J'ai vu la police tout à l'heure… C'était pour elle ?

– Je ne peux rien vous dire. Mais elle ne viendra plus… Ce n'est pas la peine de l'attendre…

– Putain, la chienne, elle s'est barrée avec mon fric ! »

Violette s'invite dans la conversation. Le ton est plaintif.

« Tout le monde part et moi je reste là… Quand est-ce que je vais retourner chez moi ? Ici on s'occupe pas bien de moi. Vous m'aviez promis de m'épiler avant le dîner. Je suis moche et négligée. Tout le monde s'en moque… On renvoie toujours à plus tard… Je suis traitée comme une girouette…

– Ferme-la ! fait Gabrielle. Tu vois pas que j'étais déjà en train de discuter avec l'infirmière…

– S'il vous plaît, Gabrielle. Vous n'êtes pas obligée de parler comme ça à Violette.

– Faites chier ! » Et elle se lève en repoussant violemment la chaise.

« Excusez-moi, Violette. Vous avez raison. Ne m'en veuillez pas… On le fait tout de suite…

– Y a pas de mal, mademoiselle Gisèle. Je vois bien que vous êtes très occupée…

– Venez, Violette, on va dans votre chambre.

– Je t'attends pour la distribution des médicaments, souffle Noémie.

– Oui, oui ! J'en ai pour trois minutes. »

Violette avance à petits pas dans le couloir. Elle a quatre-vingt-cinq ans ; je ne peux pas lui demander de courir. La traversée me semble interminable. Je regarde ma montre. On dirait que les minutes se mettent à cavaler. Dix-huit heures trente-cinq. En passant, je vois qu'une longue file de patients s'est déjà formée devant l'infirmerie. Tout à l'heure, je vais avoir droit à des réflexions sur mon manque de ponctualité. Le temps que Violette finisse de s'installer sur son fauteuil, il est dix-huit heures quarante. Je ronge mon frein. Violette est vraiment contente. Elle me sourit et je lui rends son sourire. En une seconde et demie, j'arrache les trois poils. Elle s'admire dans un petit miroir de poche. « Vous êtes gentille, mademoiselle Gisèle. Ah ! Je me sens tellement mieux. Je serai enfin présentable au dîner. Vous savez, j'étais très coquette dans ma jeunesse. J'en ai fait tourner des têtes… Vous comprenez que ça me dérange cette satanée barbiche. Je suis pas une chèvre, quand même… Ah ! Laissez-moi vous embrasser… »

Les autres patients piétinent et piaffent d'impatience en attendant que les infirmières daignent se mettre au boulot. D'un coup d'œil, je repère dans la file les sept patients qui manquaient au décompte de l'après-midi. Ouf! tout le monde est là. Les permissionnaires sont rentrés. Pas de fugueurs à signaler. Mes vingt-quatre patients sont présents.

Bientôt, par des bruits de couloir, ils sauront tous que Sophie s'est suicidée en se jetant sous le métro. Il faudra gérer la situation et redoubler de vigilance. Très vite, la nouvelle peut venir en perturber un grand nombre... Alimenter les délires et les angoisses... Nourrir les conversations de fin d'après-midi et provoquer des insomnies... Fournir un matériau de première importance aux patients persécutés, victimes de complots, quérulents processifs, psychopathes... Miner les dépressifs et faire flamber les maniaques... Souffler de sombres idées aux suicidaires...

D'une manière ou d'une autre, chacun sera touché par la mort de Sophie. Aussi bien les soignés que les soignants.

Souvent, les infirmiers et infirmières des services de psychiatrie se défendent de s'attacher aux patients, comme si c'était une faute professionnelle. Admettons... Prenez un patient : Monsieur X ou Madame Z. Vous le voyez tous les jours. Vous lui donnez ses médicaments. Vous surveillez son transit intestinal et sa tension artérielle parce que vous savez que ces médicaments ont des effets secondaires assez désagréables. Vous écoutez ses angoisses. Vous le rassurez lorsqu'il désespère. Vous le faites rire pour qu'il entende son propre rire au moins une fois dans la journée. Vous le réveillez le matin, vous le voyez se coucher le soir. Vous veillez sur son sommeil chaque nuit. Il vous raconte ses rêves, ses fantasmes, ses vieilles lubies. Selon son âge et son autonomie, vous le lavez, l'habillez, lui mettez une couche. Vous lui donnez à manger à la cuillère. Vous tenez son gobelet. Vous le mouchez. Vous lui essuyez les fesses… Chaque mois, depuis dix, quinze ou vingt ans, vous lui faites une piqûre censée le stabiliser, réguler son humeur, repousser ses délires… Vous comptez ses rechutes. Vous saluez ses petites victoires… Au fur et à mesure, vous amassez avec lui des souvenirs de toutes sortes comme s'il faisait partie de votre famille… Vous le voyez à Noël et à Pâques, le jour de son anniversaire, le premier de l'an et tous les jours fériés… C'est triste, les jours de fête à l'hôpital. On pense à sa vie d'avant, à sa famille disparue, à ses amis enterrés… Vous le surprenez à pleurer dans son lit. Il vous raconte sa désolation. Et la vie court. Le temps passe. Vous l'accompagnez chez le dentiste. Vous le voyez perdre ses cheveux, perdre ses dents, prendre du ventre, prendre de l'âge… Année après année, vous assistez aux caprices de sa maladie : hauts et bas, bouffées délirantes, accès de colère, agressivité sans mémoire, crises d'angoisse, mélancolie, paranoïa, violence gratuite dictée par les voix intrapsychiques, paroles d'Apocalypse, fausses reconnaissances, tentatives de suicide… Vous vieillissez aussi… Parfois, au bout du compte, une certaine forme de familiarité s'installe dès lors que chacun sait qu'il n'y a plus d'enjeux, que l'un et l'autre ont joué la partie de leur mieux… Alors, vous rigolez à de bonnes blagues. On vous donne des surnoms. On vous tutoie sans ménagement… Après tout, cela fait trente ans que vous cohabitez… Un jour, vous vous interrogez : « Qu'est-ce qu'il lui reste comme parents à mon patient ? » Vous vous souvenez, vous connaissiez quelques-uns des membres de sa famille, très présents au commencement de la maladie, mais depuis un moment ils ne viennent plus en visite, ils ne téléphonent plus. Ils ont disparu, usés depuis longtemps. Ils ont abandonné. Tandis que vous, infirmiers, vous êtes toujours là, piliers de l'institution psychiatrique, cariatides en blouse blanche, étais de fortune, béquilles du patient…

Non, les infirmiers ne sont pas des robots téléguidés. Ils prennent soin de leurs patients et s'y attachent, plus ou moins, immanquablement.

Les infirmiers et infirmières sont des gens ordinaires. De simples humains qui écoutent la douleur et accompagnent ceux qui marchent dans le noir, pataugent dans le doute, craignent le pire et entendent crier le silence.

Parfois, je lis la méfiance dans le regard des visiteurs. On dirait qu'ils pénètrent en territoire hostile. Ils se défient de nous, les soignants.

Non, même si nous avons des clés, nous ne sommes pas des geôliers.

Nous verrouillons les portes mais nous savons que nous ne gardons pas des prisonniers. Malgré leurs mines parfois sévères, les infirmiers et infirmières ne sont pas des briseurs de rêves, des rabat-joie, des scélérats.

Nous portons une blouse blanche, mais nous ne sommes pas des savants fous qui font des expériences sur de pauvres cobayes.

Nos longues seringues et nos aiguilles ne sont pas des armes de guerre.

Les gouttes que nous distribuons ne sont pas des potions empoisonnées.

Les médicaments que nous préparons ne sont pas des recettes de sorcières.

Si nous usons parfois – rarement – des bracelets de contention, c'est dans le but de protéger le patient de lui-même, lui éviter d'agresser quelqu'un d'autre.

Si nous sommes dans l'obligation de cantonner un patient dans une chambre de soins intensifs (CSI), autrefois dénommée cellule ou chambre d'isolement, c'est à visée thérapeutique, pour lui permettre de rassembler les morceaux de son être, de trouver un cadre, de l'empêcher aussi d'attenter à sa vie, à celle des autres…

Pendant que Noémie et moi distribuons les médicaments, le téléphone sonne quatre fois. Toujours répondre avec courtoisie, faire comme si on avait tout le temps. Oui, toujours être à l'écoute des détresses, des questionnements, des angoisses. Ne jamais oublier que l'hôpital est souvent le dernier recours, l'ultime solution face au chaos, avant le grand saut…

Premier appel : la mère de Gabrielle, sèche, excédée.

« Je voudrais parler à ma fille.

– Est-ce qu'il y a urgence ? Nous sommes en train de distribuer les médicaments et l'heure des appels téléphoniques est passée…

– Gabrielle m'a laissé un message sur mon téléphone portable. Elle veut des cigarettes. La semaine dernière, je lui ai donné de l'argent pour ses cigarettes. Vous comprenez, Gabrielle me dit qu'elle a envoyé sa voisine de chambre lui acheter les cigarettes et que celle-ci est partie avec l'argent… Je voudrais savoir si c'est vrai… Les cigarettes coûtent cher. Comme Gabrielle a l'habitude de mentir, je voulais vérifier auprès de vous et…

– C'est bien la vérité, madame. Sa voisine de chambre est partie avec l'argent de Gabrielle.

– Et vous trouvez ça normal ! Vous avez l'air de vous en ficher complètement.

– Pas du tout, je…

– Et quand est-ce qu'elle revient, l'autre ? C'est du vol ! Vous tolérez ce genre de comportement ! Vous ne prenez pas de sanction… Quel laxisme ! Et c'est encore moi qui dois casquer… Je vous avais pourtant dit de la restreindre en cigarettes. Vous pourriez au moins l'encourager à diminuer sa consommation… On est encore dans un hôpital ou je me trompe… »

Deuxième appel : une infirmière de l'unité Voltaire, stressée.

« Vous avez des infirmiers hommes ?

– Non, désolée. On n'est que deux femmes cet après-midi... »

Troisième appel : Monsieur B. Ancien patient. Hésitant, ennuyé.

« Ah ! C'est Gisèle ! Comment ça va ?

– Bien, et vous ?

– Heu... ça va pas fort... Je voudrais parler au docteur.

– Il n'est plus là à cette heure. Mais vous pouvez me parler, monsieur B. Je vous écoute...

– Heu... C'est un peu spécial...

– Allez, je suis votre infirmière depuis longtemps. Vous pouvez me faire confiance, monsieur B.

– Ben...

– Oui, je vous écoute...

– Ben... Excusez-moi de vous parler de ça... Mais, c'est-à-dire que je bande plus à cause des médicaments. J'ai une copine et elle a beau me sucer, j'arrive pas à bander... Qu'est-ce que vous en pensez ? J'arrête les médicaments...

– Écoutez, c'est très ennuyeux, je comprends. Vous savez que c'est un des effets secondaires de votre traitement. Essayez de prendre rendez-vous avec votre médecin sur le CMP demain. Peut-être qu'il changera vos médicaments. Comment vous sentez-vous en ce moment ?

– Bien, bien, bien... Le seul problème, c'est que je bande plus... »

Quatrième appel : Monsieur F., mari de Madame Marianna F. Tourmenté.

Il appelle au secours. Son épouse ne dort plus depuis une semaine. Elle a recommencé à entendre les voix des esprits du pays.

Automatiquement, je me remémore les éléments du dossier de Marianna. Vingt-huit ans. Elle est africaine. Native de M'Bour, Sénégal. Arrivée en France pour rejoindre son conjoint il y a neuf ans. Lui a cinquante ans et vit depuis trente ans en France. Travaille de nuit dans une usine automobile. Dort le jour. Ils ont deux enfants : huit et cinq ans.

« Hier soir, pendant que j'étais à l'usine, Marianna a pris les enfants et elle est sortie avec eux dans la rue. Vous vous rendez compte de la dangerosité de la chose ! Elle croyait que la maison allait brûler. Je viens de l'apprendre maintenant et je vais bientôt partir au travail… C'est la voisine qui vient de me raconter tout ça. Elle était sortie promener son chien vers une heure du matin et elle a vu Marianna et les enfants cachés dans un bosquet. Elle lui a dit de rentrer, qu'il n'y avait pas de feu. Elle a essayé de la rassurer. Les enfants étaient terrorisés. Marianna a obéi… Mais vous vous rendez compte, elle joue avec des allumettes et des bougies toute la journée. Elle va finir par mettre vraiment le feu dans l'appartement… Je peux pas la laisser seule avec les enfants. Et je dois me rendre à mon travail… Elle dit que ce sont les esprits de ses parents défunts qui viennent la visiter… Il faut qu'elle dorme à l'hôpital ce soir… »

Lors de la dernière hospitalisation de Marianna, son frère venait souvent la voir. Il avait sa petite idée sur l'origine de la maladie. Il considérait les traitements antipsychotiques comme des médicaments valables pour les Blancs et totalement inefficaces sur les Noirs. Selon lui, la maladie de Marianna ne venait pas de l'intérieur, mais de l'extérieur et plus particulièrement d'Afrique. En effet, le mari de Marianna avait laissé là-bas une première épouse âgée qui avait toujours rêvé de venir vivre en France. Jalouse de Marianna, elle avait mis en branle la science des sorciers du village pour qu'ils tourmentent sa rivale.

Après trois mois d'hospitalisation, la famille avait payé un voyage au pays. Marianna avait été soignée par un guérisseur et, de retour en France, elle avait vécu dans une relative tranquillité pendant six mois consécutifs, ne prenant plus aucun traitement.

« Il faut tout de suite l'emmener à l'hôpital. Aux urgences psychiatriques… Tout de suite ! Ne tardez pas, monsieur F. ! Allô ! Répondez-moi, s'il vous plaît… Vous l'emmenez à l'hôpital Saint-Antoine…

– Oui, oui. Je l'emmène. Et après, elle viendra chez vous ?

– Je pense que oui… D'après ce que vous me dites, elle est de nouveau hallucinée… Bien sûr, elle sera hospitalisée chez nous puisque c'est son secteur… Tenez-nous au courant… »

Je me souviens du frère de Marianna. Il cherchait à établir une complicité avec les infirmières et infirmiers noirs. Il nous voyait liés par une sorte de parenté de couleur et nous demandait instamment de veiller sur Marianna comme sur une « sœur ».

Pendant ses visites, sous prétexte de demander des précisions sur les traitements médicamenteux de Marianna, il ne manquait pas de glisser des commentaires sur ce qu'il observait dans le service. Il trouvait qu'il y avait un grand pourcentage de soignants noirs dans les hôpitaux et que ça attestait la grandeur d'âme et la générosité des Noirs. Selon lui, les Blancs appartenaient au peuple le plus cruel de toute l'histoire de l'humanité. Les crimes commis par les Blancs des générations précédentes (esclavage, traite négrière, guerres coloniales, aliénation des populations autochtones, mépris des grandes civilisations, spoliation des peuples de leurs richesses naturelles...) ne demeuraient pas impunis et étaient à l'origine de ce que les Occidentaux appelaient la « maladie mentale ». En fait, cette prétendue maladie était la manifestation du courroux de tous les esprits des malheureux que les Blancs avaient autrefois persécutés. Oui, c'était aussi simple que cela, les descendants de ces Blancs héritaient de la culpabilité, du remords, des souvenirs lancinants, de la barbarie et se retrouvaient tourmentés, terrorisés, angoissés, habités...

Nous avions beau répéter au frère de Marianna que nous nous occupions sans discrimination de race ou de classe de tous nos patients, il ne voulait rien entendre.

Un jour, il a apostrophé l'interne du service. À son avis, les médecins psychiatres blancs s'en fichaient des personnes, ils s'acharnaient seulement à faire disparaître les manifestations visibles et dérangeantes des esprits forts qui habitaient les corps. « Oui, monsieur, je crois que les médicaments que vous donnez à ma sœur ne font rien d'autre que mettre en sourdine les voix des esprits. Le problème n'est donc traité qu'en surface car les esprits ne disparaissent pas comme ça. Il faut les saluer, les respecter, s'entretenir avec eux, découvrir leur origine, savoir qui les a envoyés. Les guérisseurs prennent le temps d'écouter les esprits avant d'agir... Vous, vous vous contentez de les bâillonner... Alors qu'est-ce qu'ils font ? Ils continuent à s'énerver en silence et c'est pire... La situation n'est pas réglée. Ils reviennent car ils ne trouvent pas la paix tant qu'on n'a pas accédé à leur demande, réparé une erreur, fait une offrande, un mouton de préférence. »

Je me souviens du regard perdu du jeune interne pendant ce discours. Après le départ du frère de Marianna, il a repris sa belle assurance.

« C'est fou de parler encore de guérisseur au XXIe siècle...

– Vous avez lu Tobie Nathan ? a demandé mon collègue Philippe.

– Non... C'est qui ?

– C'est un ethnopsychiatre... Son travail pourrait vous intéresser...

– Ah oui... Je suis pas convaincu... Moi, je suis branché génétique... »

Neuf centimètres de délire

En psychiatrie, il vaut mieux ne pas plastronner du haut de ses certitudes, sinon on est mûr pour vaciller.

Je ne sais rien.

J'apprends tous les jours.

Je suis infirmière dans un service de psychiatrie et je me dis parfois que ce métier n'est pas ordinaire, mais plutôt extraordinaire… puisqu'on se tient à l'extérieur, en bordure de la norme, du normal, de la normalité…

J'apprends la vie et la mort.

J'apprends la beauté et la fragilité des êtres.

J'apprends le néant et l'obscur.

J'apprends la splendeur et la décadence.

J'apprends le vide et l'ignorance.

J'apprends les turbulences de l'existence.

J'apprends le chaos.

J'apprends la latence.

J'apprends jour après jour sur l'Autre, sur moi-même…

J'accompagne des êtres qui sont rejetés dans les marges, hors des cercles consensuels du monde dit normal… Des hommes et des femmes qui fléchissent face à la brutalité externe… Qui s'écroulent, terrassés par les idées délirantes surgies de leur esprit… Qui ne résistent pas au vertige intérieur… Qui voient et entendent des créatures fantastiques avec lesquelles ils conversent… Qui débordent d'une violence sans nom… Qu'on ne parvient pas à formater, cerner, canaliser… Et qui souffrent de maux opaques…

J'apprends chaque jour de ces personnes, de ces lieux clos, de ces temps parenthèses, de ces images miroirs, et de ces mots – égarés entre les murs – pareils aux poissons qui vont et viennent et dérivent sur les dessins des petits enfants.

Ensemble, derrière les portes fermées à clé du service de psychiatrie, nous cohabitons, nous nous supportons. On pourrait croire que nous tournons en rond, les uns et les autres, que nous passons le temps à fumer, à boire du café, à nous regarder en chiens de faïence en comptant les heures.

Non, nous sommes sur une route. Nous faisons un bout de chemin ensemble. Nous arpentons cette route par tous les temps, en toutes saisons, de jour et de nuit. Eux : les soignés. Nous : les soignants. Ensemble.

En tant qu'infirmière, je fais de mon mieux, comme tous les membres de l'équipe.

Je prodigue des soins. J'écoute. Je surveille, je veille, je guide, je réponds aux questions. Je m'adapte au tempérament et à l'humeur de chacun. Je rassure. Je stimule. J'exhorte à la patience. Je désamorce les conflits. J'anticipe les problèmes. Je préviens les crises. Accrochée au réel, je gère la folie au quotidien…

Je fais de mon mieux.

Je dois aussi me surveiller : ne pas me prendre pour une cheftaine scoute. Ne pas abuser de mon pouvoir. Écouter les plaintes somatiques et ne pas tout mettre sur le dos du délire. Ne pas infantiliser les patients ni les materner mal à propos. Au contraire, les encourager sans cesse à conserver les acquis, à gagner en autonomie, à travailler une espérance de retour dans le monde – car l'hôpital devient parfois un cocon traître, un beau guêpier où il fait bon vivre, où la rigueur du monde réel ne pénètre qu'en coups de vent, un refuge qu'on n'a plus envie de quitter… À quoi bon ! On s'y fait des amis. On a le gîte et le couvert. On s'y complaît entre gens de la marge. On n'a plus à s'occuper des factures et des histoires de fractures sociales. À quoi bon sortir de l'hôpital ? Dehors, on les appelle les gogols, les mabouls, les anormaux, les frappadingues, les tarés, les fous à lier… Ici, derrière ces murs, on n'a qu'à se laisser porter par le courant, en attendant d'être admis dans le grade des adultes handicapés…

Je fais de mon mieux. Je ne suis pas seule.

Je travaille avec une équipe constituée de deux infirmiers, six infirmières et trois aides-soignantes. On n'est souvent que deux ou trois à assurer le service, mais on sait que l'équipe tout entière doit aller dans le même sens, marcher du même pas. Le patient doit trouver une cohérence en réponse à ses demandes. L'équipe doit se dresser comme un seul homme dans les situations de crise. À ces moments-là, pour sa survie, elle doit s'avérer soudée même si constituée d'individualités disparates.

Le métier d'infirmier attire toutes sortes de gens. Revêtus de leurs blouses blanches, on rencontre des solitaires, coureurs de fond qui reviennent de loin et tiennent la distance et regardent droit devant eux. On croise aussi des âmes solidaires sensibles à la misère du monde. On retrouve les échappés de l'université, les recalés déçus de l'école de médecine, les rescapés du secteur sanitaire et social.

Il n'y a pas de portrait-type de l'infirmier en psychiatrie mais, bien souvent, on dit que la psychiatrie recueille tout le monde. Il y a des artistes ratés et des créateurs en herbe : musiciens, auteurs-compositeurs, poètes, sculpteurs, écrivains, peintres et photographes. Il y a des entomologistes amateurs, des chasseurs de papillons, des pêcheurs du dimanche, des sportifs du mercredi. Il y a des collectionneurs, des brocanteurs, des orpailleurs. Il y a de grandes amoureuses, des jeunes filles brindilles, des femmes divorcées, des mères de familles nombreuses. Il y a des célibataires impénitents, des dandys, des gentlemen, des ours. On en côtoie qui sont là depuis vingt-cinq ans et qui jurent encore qu'ils ne font que passer. Il y a des jeunes et des vieux. Il y a des hommes durs à cuire, des armoires à glace au cœur tendre, des petits gars qui ont toujours rêvé de devenir… infirmières comme d'autres hôtesses de l'air. Il y a des mamas, des Santa Maria, des divas… Bref, il y a des gens de toutes couleurs, compositions, complexions, confessions, continents…

Nous faisons de notre mieux auprès des patients.

Avec eux, nous avançons cahin-caha sur la route qui s'invente et se déroule au-devant de nous. Parfois, les uns les autres, nous nous racontons des histoires qui nous font rire ou trembler ou pleurer… La route semble moins pentue, moins cahoteuse.

Les mots que les infirmiers choisissent sont des instruments de soins. Comme mes collègues, je veux vraiment apaiser, libérer, rassurer, réconforter. Je choisis mes mots en toute conscience. Je ne veux jamais oublier que ces patients souffrent, même lorsqu'ils frappent ou crient leur colère ou menacent, même quand ils me traitent de sale négresse… J'entends leurs mots gorgés de haine et de fureur. Ces mots me traversent, m'égratignent parfois. L'espace d'un instant, ces mots se sédimentent en moi et puis ils se désagrègent, un à un. Derrière ces mots terribles, je perçois souvent, étouffés, piétinés, les cris d'un enfant terrorisé qui appelle au secours.

« Sale négresse ! »

« Guenon ! »

« Sale Renoi ! »

Je pourrai me mettre en colère à mon tour, éclater de manière triviale. Je pourrais m'offusquer. Me sentir blessée à en pleurer, comme en ce jour de mes vingt ans où fièrement je m'apprêtais à faire ma première IM. Mais le temps a passé. Trente ans. J'ai appris à domestiquer mes émotions. Je ravale mon amour-propre. Je ne réponds pas à la colère par la colère. J'affiche le calme. Je privilégie la douceur et je prends ma voix de miel pour m'adresser à mes patients. Je ne veux pas la guerre. Je ne suis pas sur un champ de bataille. Je suis à l'hôpital. Je suis une infirmière.

Je ne sais rien d'eux, c'est vrai. Ou si peu. Que des bouts d'histoires, comme dirait Monsieur Maurice B…

Personne ne sait vraiment d'où vient la maladie. De tout temps, des hommes et des femmes ont cherché à inventorier des signes, consigner des symptômes, évaluer des syndromes, interpréter des comportements, établir des statistiques, répertorier les facteurs de risques, élaborer des hypothèses biochimiques et autres, décrypter silences et délires… Et puis ils se sont aussi escrimés à élucider des mystères, dénouer des fils secrets, interpréter des rêves, forcer des verrous, déterminer de manière scientifique l'origine des troubles mentaux, le point de rupture, l'élément déclencheur…

Médecins psychiatres, psychanalystes, psychologues, ethnopsychiatres, pédopsychiatres, neurologues, biochimistes, assistantes sociales, éducateurs, psychomotriciens, thérapeutes, généticiens, psychogénéalogistes… ne cessent de travailler sur le sujet, s'appuyant sur des cas cliniques, des expériences, des analyses, des études.

Les recherches continuent…

Un jour, Monsieur Maurice B. m'a dit : « Pourquoi vous voulez faire disparaître mon délire ? C'est avec ça que je tiens. Si vous me l'enlevez, je ne suis plus rien… Laissez-m'en un bout, s'il vous plaît… Quand vous l'aurez fait partir, je me retrouverai tout seul comme un gland… »

Je me souviens, il me suppliait presque. Je lui ai rappelé que ce délire l'avait mis en danger à plusieurs reprises… « À cause de ce délire, vous vous êtes retrouvé nu sur le toit d'un immeuble en train de haranguer la foule et de jeter des pierres… »

Il a hoché la tête d'un air coupable et il a avalé ses gouttes. Quand il a fini, il m'a soufflé : « Ce traitement va pas trop me casser, vous me promettez ? S'il vous plaît, laissez-m'en un tout petit bout, de mon délire. Je ne demande pas la lune. Je veux juste voir le monde avec mes propres couleurs… » Il a accompagné ses paroles d'un geste de la main, dégageant un espace vide entre son pouce et son index. Cette mesure était censée représenter le petit bout de délire qu'il voulait conserver. Environs neuf centimètres de délire. À peine la largeur d'une carte postale…

Quelques jours plus tard, il m'a dit : « Ça y est, je commence à sentir le vide m'envahir… Au fait, je voulais vous dire que vous ne me connaissez pas, vous ne savez rien de moi… Que des bouts d'histoires… »

Je suis au self avec ma collègue Noémie. Nous surveillons le dîner. Chacune est plongée dans ses pensées. Noémie regarde les patients sans les voir, comme si elle était sous l'emprise d'une drogue analgésique. Son visage est un masque de placidité. Pourtant, comme moi, elle est secouée par la mort de Sophie.

Il est dix-neuf heures trente.

Nous terminons notre service dans une heure trente.

Noémie pousse un soupir et semble sortir de sa torpeur.

« Le mari de Marianna n'a pas encore rappelé ? »

Je fais non de la tête.

Elle enchaîne :

« C'est calme ce soir…

– Oui, jusqu'à maintenant…

– Heureusement qu'on n'a pas de patient en CSI fermée en ce moment… »

Je lâche un oui du bout des lèvres. Je suis mentalement épuisée.

On dirait une conversation entre deux somnambules.

Derrière la voix fluette de Noémie, je perçois, en fond sonore, le bourdonnement habituel des patients. Je connais cette rumeur. Elle n'annonce rien de mauvais. Non, il n'y a pas de tension dans l'air. Les patients sont calmes. Je bâille. J'aimerais me distraire en pensant aux personnages du roman que je suis en train d'écrire, mais je n'en ai même pas la force. Noémie bâille à son tour.

Quand j'ai commencé dans le métier, en 1977, il n'y avait pas de self, mais un réfectoire sommaire avec de longues tables et des bancs de bois. À l'époque, le service comptait cinquante lits. On n'avait pas le temps de bâiller. Les patients s'installaient devant les assiettes et les couverts. Les infirmiers passaient de table en table en poussant le chariot de médicaments. Ensuite, ils servaient les repas, parcourant le même circuit avec le chariot des gamelles. Aujourd'hui, les ASH (agents des services hospitaliers) se tiennent derrière leur comptoir comme les dames dans les cafétérias familiales des zones industrielles des villes dortoirs. Elles passent les plats aux patients. La plupart des ASH n'ont guère de connaissance des pathologies psychiatriques. Certaines ont du mal à appréhender notre façon de faire. Parfois trop rigides, elles ne comprennent pas qu'il nous faut, de temps à autre, transgresser les lois pour calmer l'angoisse, désamorcer les tensions. Donner par exemple du rab à celui-là, ou un dessert supplémentaire à cet autre, en échange d'une accalmie. Quelquefois craintives face aux patients, elles cèdent à toutes les injonctions et nous font passer pour les méchants. Elles peuvent aussi se mettre en danger en interpellant de manière un peu vive un patient déjà persécuté…

Il est vingt heures dix. Cinq patients sont encore attablés. Nous sommes tenues de rester là jusqu'à la fermeture du self. On ne sait jamais ce qui peut se produire : une fausse route de dernière minute, une bagarre impromptue, un vol d'assiettes, une crise clastique, un malaise vagal, un arrêt cardiaque…

Le téléphone sonne une fois de plus.

C'est Mademoiselle Isabelle T.

Elle dit qu'elle est seule chez elle. Désespérée. Elle dit qu'elle a envie de mourir. Elle dit qu'elle est contente d'entendre ma voix.

« Votre voix est douce, Gisèle. Ça me rassure.

– Que se passe-t-il, Isabelle ?

– J'ai envie de voir mon fils… Il me manque…

– Ah ! Vous avez un fils… Je n'étais pas au courant… Quel âge a-t-il ?

– Un an ! C'est son anniversaire aujourd'hui… »

Il y a un an Isabelle T. était hospitalisée, et il n'y avait pas de grossesse en vue…

« Où est cet enfant, Isabelle ?

– Chez ma sœur. J'ai accepté de le lui confier et maintenant je regrette. Une mère doit s'occuper de son enfant. Je culpabilise à mort. J'ai souffert pour le mettre au monde, vous savez. J'ai accouché par césarienne. C'était horrible, ça a duré des heures… Si vous saviez comme j'ai mauvaise conscience… Quand je vais chez ma sœur et que je vois mon fils dans ses bras, j'ai envie de le lui arracher et de m'enfuir avec lui… Et son mari ! Vous pouvez pas imaginer ce que je vis… Il veut pas que je touche à mon fils. Il fait comme si c'était son propre enfant… Moi j'ai pas dit que j'abandonnais mon bébé… C'est pas parce que je suis psychotique que je peux pas m'en occuper… On a vu pire, pas vrai…

– Vous vous souvenez parfaitement de l'accouchement…

– Mais bien sûr ! Pourquoi vous me posez cette question ? Ce qui compte, c'est que je retrouve mon fils le plus vite possible. S'il le faut, j'irai chez le juge…

– Est-ce que vous ne voulez pas en parler avec votre médecin avant d'aller voir le juge ? Pour l'instant, tout cela vous angoisse, vous pouvez aller aux urgences de l'hôpital Saint-Antoine, un médecin vous écoutera et…

– Mais vous êtes bouchée ou quoi ! Je vous parle pas de psychiatrie. Je suis en train vous dire qu'il y a vol d'enfant !

– Je vous entends. Écoutez-moi aussi, vous devez être sereine pour régler cette histoire. Je vous sens angoissée. Vous m'avez dit que vous êtes désespérée, que vous avez envie de mourir… C'est ce que j'ai entendu… Je suis infirmière et je ne peux pas faire comme si je n'avais pas entendu ces mots-là. Vous ne voulez pas parler de psychiatrie mais c'est bien vous qui avez composé le numéro de l'hôpital psychiatrique. Vous avez besoin d'aide, Isabelle… »

Silence à l'autre bout du fil.

« Allô ! Allô ! Isabelle ? Répondez-moi, s'il vous plaît !

– Quoi ? Je veux pas retourner à l'hôpital…

– Je n'ai pas parlé d'hospitalisation mais de consultation…

– Vous allez m'enfermer…

– Isabelle ! Répondez-moi sincèrement… Est-ce que vous prenez régulièrement vos médicaments ? »

Silence.

« Allô ? Isabelle !

– Quoi encore ?

– Répondez-moi, s'il vous plaît...

– Quoi ?

– Vous allez aux urgences psychiatriques ce soir...

– Pfff ! J'ai pas envie de sortir ! J'irai demain...

– Qu'allez-vous faire ce soir ?

– Dormir.

– On vous appelle demain matin. Si vous ne répondez pas, on viendra vous voir chez vous...

– D'accord... »

Vingt heures vingt minutes.

Le dernier patient vient de quitter le self.

« On mange, fait Noémie. J'ai faim et soif comme si j'avais passé la journée dans le désert. »

L'équipe de nuit ne va plus tarder. Il est vingt heures quarante-cinq. Nous avons avalé notre dîner en vingt minutes.

Coup de téléphone de Saint-Antoine : « On vous adresse Madame Marianna F. qui a déjà été hospitalisée dans votre service.

– Dans combien de temps ?

– Tout de suite. Au pire, elle sera chez vous dans une demi-heure.

– Où est-ce qu'on va la mettre ? fait Noémie. On n'a plus de lit.

– On va prévenir la surveillante de garde. L'équipe de nuit devra gérer. Soit demander à une patiente stabilisée de céder son lit et l'envoyer dormir dans une autre unité, soit hospitaliser Marianna directement dans une autre unité du service.

– Faut le faire maintenant, suggère Noémie. Imagine qu'elle arrive à minuit… On ne sait jamais… On ne pourra pas réveiller une patiente en pleine nuit pour lui dire d'aller dormir ailleurs.

– Ils m'ont dit qu'ils nous l'adressaient tout de suite… Mais s'ils tardent, Marianna ira dans une autre unité… »

Je me souviens d'Adrien

Comme d'habitude, on devra jongler avec les lits.

Tant de lits, d'unités de soins, de services entiers ont fermé ces dernières années dans les hôpitaux psychiatriques. Sous la pression des technocrates, les médecins-chefs sont devenus des gestionnaires, principalement préoccupés par les entrées et les sorties des patients, obsédés par les chiffres, les statistiques, et surtout le nombre de lits vides restant à pourvoir. Tandis que les personnes souffrant d'affections psychiatriques sont de plus en plus nombreuses, les moyens se réduisent au fur et à mesure. Aujourd'hui, on veut penser l'hôpital psychiatrique comme un hôpital général qui soigne le corps et ses organes, et décide des sorties de façon standardisée. Par conséquent, les temps d'hospitalisation sont considérablement écourtés, non dans le but de prévenir la chronicisation des patients, mais plutôt pour faire de la place.

Combien de patients quittent l'hôpital psychiatrique chaque jour alors que leur état est encore jugé fragile ? Alors qu'on voit déjà poindre dans leurs regards les ombres grises de la rechute avec son cortège d'idées délirantes… Alors qu'on perçoit de façon presque palpable le mur d'angoisse qui les emprisonne…

Lorsqu'une sortie est décidée de façon prématurée, l'équipe soignante éprouve un fort sentiment de frustration, d'inachevé. C'est une décision médicale, certes. Mais le plus souvent, malheureusement, cette sortie est programmée alors même que les conditions ne sont pas réunies, que l'étayage à l'extérieur n'est pas encore mis en place par la famille et les différents acteurs sociaux.

Las, nous n'avons plus le temps d'aller au bout de la prise en charge. Il faut faire de la place. Tant pis si rien n'est encore consolidé. On espère que ça tiendra quand même. Tant pis si ça ressemble à du travail bâclé… On a entamé quelque chose qui tombe à l'eau. On a tenté d'instaurer un climat de confiance. On a entendu des mots tenus au secret jusqu'alors. On a ébauché les contours d'une nouvelle vie à l'extérieur. On a vu se dessiner au fur et mesure l'adhésion de nos patients aux traitements. Et d'un seul coup, il faut en finir, tourner la page… Ciao ! Bye bye !

Est-ce que c'est grave, docteur ?

Combien de patients sont invités à regagner leurs pénates du jour au lendemain ? Peu importe que la famille ne soit pas prête à les accueillir et manifeste ouvertement le rejet, la démission, l'incapacité à prendre en charge la créature étrange et étrangère qui s'est substituée à l'être cher : père ou mère, fils ou fille, épouse ou mari…

Oui, c'est sûr, les familles ont toujours du mal à accepter la maladie mentale et la souffrance psychique, la différence toujours dérangeante. C'est le propre des groupes formés, des foules, des troupeaux, des meutes… C'est humain et animal. Il en va de la survie de l'espèce. On est tenté d'abandonner celui qui traîne la patte, montre des signes de faiblesse ou ne tient pas la cadence… On met de côté et on veut oublier bien vite celui qui dérape, débloque, travaille du chapeau, s'angoisse pour un rien, retombe en enfance, s'enfonce dans la dépression, cause avec les poissons, comprend le langage des fleurs, s'enlise dans son lit, essaie la pendaison, s'enferme dans le silence, glisse dans la déraison, perd les pédales, s'excite pour un rien…

Je me souviens d'Adrien, jeune homme de dix-sept ans. Diagnostiqué schizophrène. Ses parents craignaient qu'il contamine ses petits frères et ne voulaient pas le reprendre. Le père nous demandait instamment de le placer dans une institution. Quand la mère venait le voir, elle n'avait pas de mots. Elle se contentait de regarder son fils comme s'il était devenu une bête curieuse.

Je me souviens de Pascaline. Jeune fille anorexique. Vingt-six ans, 37 kilos pour 1,68 mètre. On la pesait chaque matin. Son contrat était le suivant : le jour où elle atteindrait les 40 kilos, elle pourrait sortir. Elle buvait trois litres d'eau avant de monter sur la balance. Après, elle se faisait vomir. Sa mère, qui l'avait accompagnée, s'était effondrée dans les bras d'une infirmière. « J'ai honte ! Si vous saviez ! J'ai tellement honte de Pascaline. Quand je croise les gens de mon immeuble dans l'escalier, ils me demandent tous des nouvelles de Pascaline, je dis qu'elle est partie à New York pour ses études. Je ne veux pas qu'on sache qu'elle est ici, à l'hôpital psychiatrique. Je sais plus quoi faire. Quand elle est dans ses périodes de boulimie, elle dévore en une nuit toutes les courses de la semaine. J'ai dû faire poser des verrous et des cadenas partout, sur les placards, sur le frigo… Je veux plus la prendre à la maison… J'ai pas la force de la regarder. Elle est tellement maigre. Je me sens pas capable de m'occuper d'un cas pareil… C'est au-dessus de mes forces… »

Je me souviens de Catherine. Quatre-vingt-huit ans. Mère, grand-mère et arrière-grand-mère… Autrefois, elle était active, vivait seule chez elle, s'occupait du ménage, de la cuisine et même du jardinage sans l'aide de quiconque. C'était la bonne mamie qui préparait des confitures à ses petits-enfants et tricotait des layettes sans lunettes. On la voyait déjà centenaire bon pied bon œil. Hélas, un jour, elle a fait une chute chez elle. Banale fracture du col du fémur. Hospitalisée, immobilisée plusieurs mois… Avec cet accident, son état s'est brutalement dégradé. Elle a perdu ses repères et sombré dans la démence. Confuse et irritable, parfois agressive, désorientée et incontinente, elle n'a plus rien à voir avec la Mamie Catherine du temps jadis. Le vide s'est fait tout naturellement autour d'elle. Plus personne n'en veut...

Je me souviens de Noëlle. Trente-cinq ans. Ancienne rasta accrochée au crack. Hospitalisée pour troubles du comportement sur la voie publique et accusée de grivèlerie dans une buvette de plage. Délirante, on l'avait renvoyée à la rue et à la justice.

Je me souviens de Marlène. Quarante-trois ans. Mariée, mère de deux enfants, employée de l'état civil à la mairie. Souffrait d'une grave dépression. Parents et amis l'exhortaient à sortir de son lit mais elle n'en avait pas la force. C'était tombé sur elle d'un coup. Personne n'avait rien deviné. Le mari l'avait fait hospitaliser au bout d'un mois. Il était atterré, ne comprenait pas ce qui arrivait à sa femme. On avait l'impression qu'il découvrait un trait de son caractère qu'elle aurait sciemment dissimulé et qu'il abhorrait. Il la regardait à la dérobée, avec dégoût, comme une bonne affaire qui soudain montrait ses vices cachés, ses défaillances. Il disait qu'elle faisait peur à ses enfants, il ne fallait pas qu'elle revienne à la maison. Il cherchait pour elle une maison de repos, loin, dans le sud de la France.

Je me souviens de Gaspard. Employé dans un centre d'appels téléphoniques. Trente-deux ans. En colocation avec son frère. Avait développé un délire érotomaniaque sur la personne d'une voisine. Gaspard était convaincu qu'elle l'aimait, voulait qu'il soit le père de ses enfants. Il la suivait dans la rue, l'épiait en permanence. Pendant son hospitalisation, les locataires et propriétaires de l'immeuble avaient signé une pétition et demandé l'expulsion de Gaspard et de son frère.

Je me souviens de Monette. Quarante-cinq ans. Cinq enfants. Femme au foyer. Son mari alcoolique la battait. Elle avait commencé à entendre des voix devant son évier, dans la solitude de sa cuisine. Elle était partie sur les routes de Guadeloupe. Après trois mois d'hospitalisation, on l'avait renvoyée à son bourreau…

Je me souviens d'Inès et de ses TOC. Vingt et un ans. Étudiante en architecture. Soixante fois par jour, elle se lavait les mains. Sa mère n'en pouvait plus et lui avait trouvé un studio.

Je me souviens de Chantal. Trente-six ans. Quatre enfants. Elle avait tenté d'étrangler son bébé de trois mois pour obéir aux ordres d'une voix. Son mari ne voulait plus la voir, refusait qu'elle approche ses enfants.

Je me souviens de tous les autres qui sont sortis du sillon et que j'ai rencontrés à l'hôpital psychiatrique, ici et ailleurs, que j'ai vus entrer et sortir trop vite… Didier, Bernard, Hamidou, Chloé, Raymond, René, Francesca, Louis, Tamara, Boris, Paul, Ismaël, Rachida, Nicole, Jean-Michel, Tina, Marie-Claire, Yvon, Mohamed…

Oui, la maladie mentale fait peur dans le cercle de famille, dans la cour de l'immeuble, dans la cage d'escalier, dans la file d'attente chez le boulanger, à l'école, à l'université, à l'armée, au bureau, à l'atelier…

Et c'est vrai que les personnes souffrant d'affections psychiatriques peuvent être dangereuses, non seulement pour elles-mêmes mais aussi pour autrui.

Imprévisibles, dévastateurs, infréquentables, les fous dérangent l'ordre établi.

On ne sait pas quoi en faire et nos sociétés modernes choisissent aujourd'hui de les ignorer tant qu'ils acceptent de demeurer inoffensifs et silencieux.

On choisit de laisser pourrir, laisser s'épanouir la maladie, empirer le mal.

Et s'ils commencent à déranger, agresser par exemple le premier venu, on les envoie en prison, pour les punir et les corriger. Est-ce que la prison est un lieu de soins psychiatriques ?

Heureusement, il reste encore en France quelques hôpitaux pour accueillir les patients qui se mettent à délirer pour de bon, dévisser, débloquer… Mais on réduit chaque jour les moyens d'accompagner ces grands malades. On n'a plus tellement de lits. On ferme des unités de soins. D'anciens hôpitaux psychiatriques désertés ressemblent à des villes fantômes…

Au fond, on n'apprécie les fous que dans les fictions. Ce sont les héros des séries télévisées, des romans à succès et de nos thrillers préférés. Les bonnes histoires trouvent terreau et fumier dans la maladie mentale. Pas de bon scénario sans quelque névropathe ou sociopathe, désaxé, sadomasochiste, pervers sexuel, prédateur, érotomaniaque, sadique ou détraqué sexuel sortis du bois. Pour épater le public et le séduire tout en le faisant frémir, rien de tel qu'un meurtre commis de préférence par un psychotique, un schizophrène, un grand halluciné, un psychopathe pour pimenter une histoire… Ces tordus sont la source d'inspiration des réalisateurs chéris du box-office. Ils n'en finissent pas de nous fasciner sur grand ou petit écran. D'Alfred Hitchcock à Quentin Tarantino, en passant par Milos Forman, Brian De Palma, Jonathan Demme, Woody Allen, Martin Scorsese, les frères Wachowski, David Fincher, Brian Singer…, les créateurs d'images nous font trembler et jubiler en nous montrant les fous jetés dans la ville tels des loups. On les voit, incarnation du Mal, dans leurs œuvres machiavéliques en train de tisser leur toile, affûter leurs scalpels, cajoler leurs armes blanches en chantonnant une berceuse remontée des bas-fonds d'une enfance brisée. On les suit dans les dédales de leurs élucubrations paranoïaques. On chemine avec eux au mitan de leurs cauchemars. On les observe, torturant leurs innocentes victimes tout en conversant avec leurs voix. Oui, on plébiscite ces œuvres de fiction. On en redemande. On est friand de ces caricatures spectaculaires du fou. On réclame davantage de perversion, d'horreur, d'abomination, de transgression, de folie furieuse…

Principes de pureté

Quand nous avons plus de patients que de lits, nous faisons du *surbooking* comme les compagnies aériennes. Dans notre unité, nous disposons de dix-huit lits. Cependant, vingt-trois patients sont comptés à l'effectif. Les cinq en sus dorment, la nuit, dans d'autres unités de soins de l'hôpital. En clair, ils passent la journée dans notre unité sans avoir la possibilité de se reposer. Ils sont suivis par les psychiatres de l'unité. Ils prennent leurs médicaments et leurs repas dans l'unité. Et le soir venu, ils migrent vers les unités accueillantes prêtant leurs lits vacants. À l'aller et au retour, les patients sont accompagnés par un soignant. Bien sûr, rien n'est jamais acquis en ce monde, les unités d'accueil peuvent changer en fonction de leurs propres entrées et sorties. Ce qui fait que les patients contraints à ce régime ne sont jamais assurés de passer la nuit au même endroit le lendemain. La journée, ils déambulent, ils fument, ils s'assoient dans le patio, ils tournent en rond, ils regardent la télé en attendant d'être vus par le médecin. Parfois, certains regimbent sur leurs conditions d'hospitalisation. Les familles se plaignent aussi : « Comment ! Pourquoi n'a-t-il pas de chambre ? C'est inadmissible ! Vous vous foutez de la gueule du monde ! Alors, il ne peut même pas s'allonger quelque part dans la journée ? » Nous, infirmiers, sommes en première ligne, les médecins sont loin derrière et les directeurs inaccessibles. Nous devons expliquer le manque de lits, solliciter l'indulgence de chacun, assurer que cette situation n'est que transitoire, rassurer sur la qualité des soins dispensés en dépit de ce petit désagrément…

Et puis nous accueillons également des patients hospitalisés de jour et relevant de notre secteur. En ville, ils vivent seuls, en famille ou avec des colocataires. Ils ont une chambre d'hôtel, un appartement thérapeutique, un studio ou même un deux-pièces assez spacieux. Ils y passent la nuit. La journée, ils sont avec nous, dans nos murs, à l'hôpital, comme Tony. Certains, selon leur contrat de soins, viennent tous les jours. D'autres ne sont là que deux ou trois fois par semaine. Ils participent aux activités, se mêlent aux autres patients, fument dans le patio. Il y a des jours où nous avons trente patients présents au même moment.

Trente patients pour deux infirmières…

Nous, soignants, ne cessons de dire que nous travaillons en sous-effectif et que nous manquons de moyens. Il faudrait des lits supplémentaires dans les hôpitaux psychiatriques, davantage de structures alternatives, des hôpitaux de jour, des appartements thérapeutiques en ville, des lieux d'insertion sociale, davantage de centres d'accueil, d'écoute et de soins... Il faudrait favoriser les emplois protégés dans les entreprises, accompagner les gens de la rue, tous ceux que la maladie a poussés hors les murs et qui voyagent en solitaires et naviguent de trottoir en trottoir, tous ceux qui préfèrent dormir sous un pont ou, au bois, derrière un bosquet afin d'échapper aux voix qui les terrorisent sitôt qu'ils sont enfermés quelque part. Un jour, il faudrait remercier tous les bénévoles qui sont à leurs côtés... Ils œuvrent avec leur cœur. Ils aident leur prochain au quotidien. Ils n'attendent pas de remerciement. Ils n'espèrent même pas que l'État prenne le relais. Ils agissent dans le respect d'eux-mêmes et de l'autre. Ils donnent de leur temps. Ils osent approcher les infréquentables, les rebuts de la société.

Je pense à Bertrand, bénévole des Restos du Cœur que j'admire et qui travaille dans l'ombre au service des plus démunis.

Je pense à tous ces anonymes qui soulagent les malheureux chaque jour et font face à de grands fous sans trembler.

Je pense au courage et à la générosité de toutes ces personnes conscientes de l'incapacité des pouvoirs publics, à toute l'énergie déployée dans le seul but de secourir cette frange souffrante de l'humanité.

J'entends toutes sortes de commentaires au sujet des malades mentaux…

À quoi bon dépenser de l'argent à fonds perdus pour ces gens-là ? Ils coûtent cher et ne servent à rien ! En plus, ils ne votent même pas !

On dirait qu'ils sont de plus en plus nombreux.

On ne peut pas porter sur ses épaules toute la misère du monde.

Quel intérêt y a-t-il à se décarcasser pour les resocialiser, s'ils sont déjà jugés irrécupérables ?

On les maintient vaille que vaille et c'est déjà bien charitable…

Faut les laisser aux œuvres caritatives, aux bénévoles des associations, aux bonnes sœurs… Un bol de soupe, un repas chaud aux Restos du Cœur, une couverture du Secours populaire, une nuitée dans un foyer de sans-abris…

Faudrait construire un centre spécialisé pour eux… Les ramasser la nuit et les emmener de force !

Faudrait les empêcher de se reproduire…

Le plus souvent, celui, ou celle, qui souffre de troubles mentaux est considéré comme un fardeau pour la société, un poids inutile. Au mieux un imbécile heureux, au pire un forcené. Parfois, on le voit comme un accident de la vie, une indécence, une injure faite à la raison, une énigme de la science, une punition, un mystère de l'humanité, un martyr, un objet de compassion, un sujet de lamentation…

Dans tous les cas, on en conclut qu'il ne sert à rien, sinon à vous procurer des ennuis, à vous faire des cheveux gris, à troubler la quiétude des gens sans histoires, à perturber le cours normal des choses, à s'agiter sur la voie publique, à faire peur aux petits enfants…

Non, ils ne servent à rien et on ne veut pas en entendre parler.

D'ailleurs, en temps de grands conflits, ce sont les premiers sacrifiés.

Durant la Seconde Guerre mondiale, sous l'occupation nazie, quarante-cinq mille malades mentaux sont morts de faim, en France, dans les hôpitaux psychiatriques.

En Allemagne, durant cette même guerre, l'Action T4 guidée par des principes de pureté, d'hygiène et de santé planifie le gazage et l'euthanasie de plus de cent mille personnes : malades mentaux, handicapés moteurs, indésirables sociaux ou raciaux considérés comme indignes de vivre.

Aujourd'hui, beaucoup de malades sont dans la rue, égarés, livrés à eux-mêmes et à leurs hallucinations. Ils délirent et dépriment au vu et au su de tous. Tant qu'ils ne lèvent pas le petit doigt et ne font pas de tapage, ils demeurent invisibles à nos yeux… Tant qu'ils rasent les murs et n'insultent pas les chalands… Tant qu'ils ne s'attaquent pas aux braves gens, ils n'intéressent personne… Tant qu'ils n'assassinent pas à l'arme blanche les petits enfants à bicyclette, les étudiants à Grenoble, les infirmières de nuit à l'hôpital…

Aujourd'hui, derrière les murs des prisons croupissent de nombreux malades psychotiques mal soignés, délirants, persécutés, terrorisés, dépressifs, mélancoliques, paranoïaques, suicidaires...

Je pense à eux.

On dit que la moitié des personnes incarcérées relèveraient de la psychiatrie. L'enfermement comme au temps de Monsieur Jean-Baptiste Pussin... L'enfermement carcéral pour toute réponse à la maladie. L'enfermement avec un rudiment de soins psychiatriques comme solution aveugle.

J'ai mal pour eux.

Mais un jour vient où ils finissent de purger leur peine... Et ils sortent. Et peut-être que ceux qui leur donnent la liberté ferment les yeux ce jour-là.

C'est vrai : moins on les voit, mieux on se porte.

Ils sont là pourtant, autour de nous. Ils sont tout près. On ne peut pas longtemps faire comme si on ne les voyait pas, comme s'ils n'existaient pas... Attendre que la situation s'envenime ou pourrisse complètement. Ils sont sous votre toit, chez votre voisin de palier. C'est le fils de votre sœur. Ils sont assis sur les bancs de l'école. Ils vont au collège ou au lycée ou à l'université avec vos enfants. Ils travaillent avec vous. Ils font leurs courses au supermarché à vos côtés. Ils ressemblent à vos mômes. D'ailleurs, ce sont les vôtres, nés de votre chair, tant aimés... Ils s'enferment au fur et à mesure dans leur monde et vous ne voyez pas qu'ils vous échappent. Ils fument de l'herbe. On ferme les yeux. Ils souffrent d'angoisse et d'anxiété. On banalise. Ils tombent dans des puits sans fond. C'est votre tante maternelle qui subitement est atteinte… Oh ! Ils voient des choses. On les réduit au silence. Ils discutent avec des êtres venus d'autres planètes. Ils délirent à plein pot… On rit. Ils ne s'alimentent plus et vomissent leur nourriture en cachette. On dit que ça passera. Ils deviennent bizarres, vous vous en rendez compte mais vous ne voulez pas voir. Ils se défenestrent sous vos yeux. Ils ont des TOC et des phobies. Ils pratiquent la scarification. C'est votre fille. Elle est soudain devenue insomniaque… Ils boivent de l'alcool à outrance. On trinque avec eux. Ils prennent un train ou un avion et disparaissent à l'autre bout du monde. C'est votre mari…

Tiens, celui-là squatte le trottoir à côté de la banque, il parle tout seul. On a réellement l'impression qu'il y a du monde autour de lui. Il est sale. Il a étalé une couverture immonde sur le bitume. Il a un cabas qui semble contenir sa fortune et lui sert d'oreiller. On le regarde en biais. On se dit qu'autrefois il a peut-être eu une famille…

Qu'est-ce qu'on peut faire ?

On est démuni…

Où sont ses frères et sœurs, ses parents ? Tous morts…

Si on lui donne une pièce, il ira certainement la boire…

Si on l'approche et qu'on lui parle comme à un être humain, il pourra vous insulter, se sentir agressé.

Si on lui donne à manger : une barquette de frites et un hamburger du McDo, c'est pas lui rendre service, c'est comme donner du poisson à un malheureux du tiers-monde au lieu de lui apprendre à pêcher en lui fournissant le matériel nécessaire… Et puis il pourra s'incruster dans le quartier, vous repérer, tous les jours vous demander son repas. Ça pourrait se terminer très mal… Souvent, ces gens sont armés, une lame planquée dans le blouson…

Tous les jours, on les voit, on les entend. On se tait. On fait comme si de rien n'était.

On détourne le regard quand on surprend quelqu'un à parler tout seul dans la rue. On se dit qu'il est libre de discuter avec des fantômes tant que cette liberté n'entrave pas la nôtre, ne lui nuit pas.

On fait la sourde oreille quand d'autres attirent votre attention sur le comportement étrange ou inadapté de votre enfant, de votre conjoint, de votre parent.

On garde bouche close devant l'évidence de la folie qui s'ouvre devant soi comme un gouffre.

On attend le point de non-retour pour traiter sous la contrainte.

On préfère laisser les délires grossir dans la pénombre comme des plantes monstrueuses.

On fait l'autruche en attendant que les voix prennent le pouvoir et instaurent leur tyrannie, en attendant le passage à l'acte, le raptus suicidaire…

Des reflets dans le miroir

« Tu crois qu'on aurait pu empêcher Sophie de se suicider ? » me lance Noémie. Au même moment, l'infirmière de nuit pousse la porte du bureau.

« Non… C'était pas la première fois. Durant toutes ces années, on aura au moins essayé de l'aider… Un jour ou l'autre, elle serait passée à l'acte… »

Noémie pousse un long soupir.

Huguette, l'infirmière de nuit, m'interroge du regard.

Je dis : « Sophie s'est jetée sous le métro. »

Elle se pince la lèvre inférieure et répond : « Elle avait l'air bien depuis un an. »

Je hoche la tête.

Elle reprend : « Comment ça s'est passé ? »

Je réponds : « On n'a pas d'informations très précises. Les policiers sont venus nous poser des questions. Il paraît qu'elle était assise sur le quai depuis un moment. Et puis, quand le métro est arrivé, elle s'est levée et elle a sauté. C'est tout ce qu'ils nous ont dit. Ils voulaient savoir si elle avait laissé une lettre, quelque chose...

– Comment ils savaient qu'elle était hospitalisée ici ?

– Elle avait laissé son sac et ses papiers sur un siège... »

L'infirmière de nuit nous dévisage l'une après l'autre. C'est une vieille qui a déjà passé plus de quarante ans auprès des patients.

« Mes petites chéries, vous avez l'air complètement démontées. C'est sûr, Sophie souffrait. Faut vous dire qu'elle a fini de souffrir maintenant... Qu'elle repose en paix, la pauvre... »

Il est vingt et une heures.

C'est le moment des transmissions à l'infirmière de nuit, qui sera seule à veiller sur tous les malades avec une aide-soignante. Je raconte la journée de chaque patient. Noémie pointe ceux qui nécessiteront une surveillance particulière. Nous faisons le tour de l'unité une dernière fois. Ouvrir et fermer les portes. Vérifier le sommeil des patients. Inspecter le patio. Fermer à clé les salles de bains. Dire bonsoir à Jeannette et à tous les autres.

Bonsoir, Jeannette, et à demain !

Ça y est, nous sommes dehors, après sept heures quarante de travail. Noémie respire un grand coup. Une bonne goulée d'air frais. Nous nous faisons la bise.

Nous nous étreignons, sans un mot, comme deux rescapés d'un crash. Et puis nous partons, chacune de son côté.

Il y a longtemps, lorsque je travaillais à l'hôpital psychiatrique de la Guadeloupe, un très très vieil infirmier m'a confié que – selon lui – la folie des hommes était tout à fait naturelle. On ne sait comment, la plupart des êtres humains parviennent à s'accommoder tant bien que mal de la brutalité de la vie terrestre, mais un grand nombre échoue dans de multiples tentatives. Ils ont beau faire, essayer de survivre au milieu du marasme, s'accrocher à des pans de décor, chercher de toutes parts un secours, prier des dieux ou invoquer des esprits démoniaques, pratiquer des rituels, s'adosser à des murs, se fabriquer des châteaux forts, communier, entonner des cantiques, s'appuyer sur des béquilles, ils finissent par faiblir et s'effondrer en constatant qu'il n'y a pas d'issue, pas d'alternative.

Un jour, ils prennent conscience qu'ils sont condamnés à vivre là, sur cette maudite terre, au milieu des guerres et de la barbarie... Et ils n'ont pas le choix. Il leur faut assister à l'agonie des enfants, à la déchéance des vieillards... Et voir les hommes s'entre-tuer, s'entre-dévorer... Il leur faut lutter pour gagner leur pain de chaque jour, courir pour ne pas être piétiné par la foule, courir pour oublier les visions d'horreur de l'histoire, courir dans l'angoisse pour rattraper les heures, courir pour échapper à des attentats, courir sous les regards haineux des autres, tous les autres, tous ces autres avec lesquels il leur faut cohabiter, de gré ou de force…

Un jour, ils refusent de courir et se posent au bord du chemin. À quoi bon rester dans le système, obligés d'affronter l'absurdité de la vie ? À quoi bon se tenir debout, passer par tous ces apprentissages, apprendre tous ces gestes de survie et de résistance ? À quoi bon accumuler des connaissances et des richesses puisqu'un jour il faudra laisser tout ça, se coucher dans son cercueil et mourir ?

Je me souviens, quand il en arrivait là, le très très vieil infirmier secouait la tête en marmonnant : « Eh bien, oui, ma fille, c'est au-dessus de leurs forces. Ce monde est tellement invivable qu'ils renoncent et basculent dans un autre univers qui est celui de la folie, pour se sauver… Parce qu'en ce monde-ci, ma fille, leurs regards se heurtent à chaque instant à des scènes insupportables qui se passent tout près, tout autour, à toute heure…

« En fait, ajoutait le très très vieil infirmier, on n'est jamais en paix en ce monde, tout le temps tourmenté et déchiré à l'intérieur par des questions existentielles et des pensées poisseuses, et à l'extérieur par l'enfer des autres et les éléments naturels déchaînés : cyclones, tremblements de terre, éruption volcanique, raz de marée… C'est sûr, il faut être complètement inconscient pour supporter tout cela.

« Alors, tu vois, poursuivait le très très vieil infirmier, quand on soigne les fous, c'est nous-mêmes qu'on soigne, qu'on aide, qu'on réconforte. Tous ces grands malades sont des reflets de nous-mêmes dans le miroir. »

Je rentre chez moi.

Je marche jusqu'au métro.

Je marche à grandes enjambées comme si j'étais poursuivie par quelque fantôme.

J'emplis mes poumons de l'air vif qui cingle mon visage.

Je suis contente de marcher vingt minutes jusqu'à la station Charenton-Écoles.

Je suis comme une marathonienne, fixant un point de lumière à l'horizon.

Plus que quelques mètres à parcourir et je pourrai dévaler les escaliers, m'engouffrer dans le métro, me mêler de nouveau aux gens ordinaires.

Et laisser loin derrière moi cette journée de travail, ces sept heures quarante passées à l'hôpital psychiatrique.

Sigles utilisés dans ce récit

AAH : allocation adulte handicapé.
ASH : agents des services hospitaliers.
BDA : bouffée délirante aiguë.
CHS : centre hospitalier spécialisé.
CMP : centre médico-psychologique.
CSI : chambre de soins intensifs.
DC : décès.
DCD : décédé.
HDT : hospitalisation à la demande d'un tiers.
HL : hospitalisation libre.
HO : hospitalisation d'office.
HP : hôpital psychiatrique.
IM : injection intramusculaire.
IMV : ingestion médicamenteuse volontaire.
PH : praticien hospitalier.
PMD : psychose maniaco-dépressive.
TA : tension artérielle.
TOC : trouble obsessionnel compulsif.
TS : tentative de suicide.

Table

Cet ouvrage a été achevé d'imprimer
en février 2014 dans les ateliers de
Normandie Roto Impression s.a.s.
61250 Lonrai

N° d'imprimeur : 1400387
Dépôt légal : avril 2014
ISBN : 978-2-84876-391-0
Imprimé en France